부산을 연극하다

「 예술문화총서 12 」

부산을 연극하다

정경환 희곡집

해피북미디어

차례

책 머리에   7

영도다리 점바치   11

황금음악다방   87

철마장군을 불러라!   177

명정의숙   243

책 머리에

초등학교에 입학할 무렵인 7살, 강원도 산골에서 낙동강을 따라 야간열차를 타고 부산에 왔다.

다음 날 아침, 수정동 산동네 집에서 바라본 부산항.

부산은 바다였다. 산골아이의 상상보다 숨이 막힐 정도로 거대하고 웅장한 파란색의 바다. 아직도 그때를 생각하면 심장이 뛴다.

부산은 참으로 재미있고 이상한 곳이었다.

밤기차로 도착한 부산진역. 역 광장 앞으로 나오자 눈부신 주황색의 불빛들, 나중에 그것이 너무도 많은 백열전구의 불빛이란 것을 알았다. 산골에서 온 아이는 온통 주황색 밝은 빛에 주눅이 들었다.

가족 나들이로 처음 구경 간 용두산 공원, 미화당백화점 빌딩 좁은 계단을 사람들에 밀려 답답하게 올라가 한숨을 돌리고 쳐다본 이순신 장군은 왜 그리도 까만색인지. 저 넘어 영도라는 섬은 왜 그리도 크고 무서웠는지.

항구의 배들은 웅장함보다 무질서한 쇠막대들의 나열에 멀미가 나던 기억. 영도다리가 대단하다고 했는데 아이는 그냥 아무런 감흥도 없었고 다만 다리 밑에 누군가가 "저거 사람 시체 아니야"

하는 소리에 그날 밤 불면으로 고생했던 기억, 영도다리에서 건어물시장으로 이어졌던 이 층 적산가옥의 이질감. 축축한 길의 불쾌감과 시끄러운 소리에 머리가 멍했던 기억만 남은 첫 자갈치 시장 구경.

'오버브릿지는 있는데 잠바브릿지는 왜 없는지 모르겠다.' 월남전을 다녀온 삼촌의 농담을 이해하지 못해 답답했던 기억. 나중에 오버브릿지가 부산진시장 가는 길에 있는 고가다리라는 것도 알게 될 쯤, 부산의 냄새에 익숙해져 무뎌지고 부산사람들의 말투에 정감이 느끼게 될 쯤 난 진짜 부산사람이 되어 있었다.

2010년, 10년 동안의 광안리 소극장 시절을 끝내고 또따또가 프로젝트의 일원이 되어 원도심 중앙동으로 극장을 이전했다. 시간 날 때마다 주위를 돌아다니기 시작했다.

지금은 사라진 시청 뒤에 냉동 창고를 개조해서 만든 태양아트홀. 폐관공연까지 했던 아쉬운 추억을 회상하며 그 길을 따라 영도다리, 자갈치시장, 용두산 공원, 보수동 책방골목 그리고 충무동으로 느린 산책을 다녔다.

옛 시청 주위는 백화점이 들어서면서 성형 수술한 영도다리가 자리 잡았으며 적산가옥들은 현대적 빌딩으로 대체되었다.

그때와 같은 거릴 걷고 있지만 낯선 기분이 든다. 시간의 흐름으로 편리함이 다분해진 거리이지만 그때의 낭만과 정서가 없음이 아쉬웠다.

그때부터 부산 이야기를 가지고 희곡을 써야겠다는 생각이 일어났다.

영도다리를 둘러싼 사건과 추억을 다룬 〈영도다리 점바치〉, 부산은 문화의 불모지가 아니라 한국문화의 시발점이라는 것을 이야기한 〈황금음악다방〉, 신화와 전설을 다룬 〈철마장군을 불러라!〉, 기장의 독립운동을 다룬 〈명정의숙〉 등을 쓰고 연출했다.

피난민으로 부산사람이 되어 불행을 뛰어넘는 영도사람 이야기 뮤지컬 〈영도다리야!〉, 임진왜란 때 장군 〈윤흥신〉은 희곡으로 남아 있고, 동래야류와 명창 유금선 선생을 조망한 〈동래별장〉, 보수동 책방골목의 사연을 담은 〈보수동 고서당〉은 시놉시스로 남아 있다. 부산국제영화제에 제작지원으로 당선된 자갈치 사람들과 뱃사람을 다룬 영화 시나리오 〈어부〉도 썼다.

이 책 『부산을 연극하다』는 공연희곡집으로, 공연했던 네 작품만 실었다.

이렇게 시작된 부산 이야기 시리즈는 언제까지 이어질지 알 수 없지만 난 계속해서 부산을 연극하고 싶다.

영도다리 점바치

프롤로그

영도다리. 음악이 흐르고.

영감과 할머니가 들어온다. 영감은 장 도사, 할머니는 작부 화정이다.

할머니는 유행에 맞지 않은 오래된 한복에 세련되지 못한 차림이다.

머리에는 꽃핀을 달고 껌을 씹는 모습이 천박하게 보인다.

영감은 나름 단아하게 늙어 기품이 보인다. 하지만 한복 차림이 이상

하긴 마찬가지다.

두 사람은 긴 여행 중 마지막 종착지로 영도다리에 나타났다.

할머니 사람들이 많이 왔네. 구경한다고 왔는가 봐? (객석을 향
해) 영도다리 언제 올려요?

영감 니 뭔 소리고? 영도다리, 안 올라간 지 오래됐다.

할머니 도사라 카는 사람이 세상 바뀐 것 몰라 가지고… 인자
다시 올라가요. 다들 구경 왔잖아요… 여기 좋네요… 여
기 앉읍시다.

영감 햇볕도 따뜻하니… 죽기 좋은 날씨다.

할머니, 가방에서 간이자리를 꺼내 깐다.

영감 쪼매 뒤로 깔아라.

할머니 왜요? 여기가 제일 잘 보이겠구마는…

영감 난 다리 올리는 것보다 저짜 봉래산 끝자락이 잘 보이는 기 좋다.

할머니 그래요?… (자리를 이동하며) 여기는 어때요? 잘 보여요?

영감 됐다. 오늘도 그날처럼 구름이 봉래산 꼭대기에 착 걸리가 헐떡 넘어가네.

두 사람, 나란히 자리에 앉아 멀리 쳐다본다.

할머니 한잔할래요? 맞다. 영감은 먹으면 안 된다. 영감은 먹으면 끽 간다. 그죠?

영감 그렇다고 니만 처먹나?

할머니 그럼 어떡해요. 영감은 먹으면 안 되는데?

영감 괘안타. 딱 한 모금만 먹자.

할머니 참으세요.

할머니, 한 모금 마시고 뚜껑을 닫아서 가방에 넣는다.

영감 그 가시나 참 못됐네… 니 노래나 한번 해봐라.

할머니 아이구 노래가 그냥 입이 터집니까. 분위기가 돼야 나오지.

영감 니가 누고? 살아생전에 술 한잔 딱 마시면 노래가 턱 티나오던 화정이 아이가.

할머니 평생을 젓가락 장단으로 살아왔는데 죽어서까지 노래를 해야 돼요?

영감 그라니까 죽을 때 잘 죽어야 되는 기야. 죽는 모습 그대로 굳는 기다. 무슨 생각 하면서 죽었는가?

할머니, 또 술을 마신다.

영감 또 니 혼자 처먹나? 뭐 이런 기 다 있노?

할머니 많이도 마셨네. 신기하죠? 버릇은 개도 못 고친다고 이렇게 딱 한잔하고 나니까… 영도다리 하면 이 노래지… (노래를 시작한다)

영감 (변사처럼) 아 6.25 아니었다면 이산가족의 슬픈 이별은 없었을 것을. 영도다리야. 아 영도다리야. 6.25의 아픔은 콩 한 쪽도 나눠 먹던 이웃들이 대꼬챙이로 찌르고 죽이던 비극이 아니었던가?

할머니 (갑자기 생각난 듯) 박 도사!… 아 박 도사 기다리잖아요. 빨리 가요.

영감 (따라가며) 아 영도다리야. 아 영도다리야. (퇴장)

뱃고동 소리 울려 퍼진다.

1장   현재, 영도다리 점바치집

뱃고동 소리 울리고 파도 소리 잔잔하게 들려온다.

조명 들어오면 박 도사, 시력이 안 좋은 조수의 부축을 받으며 들어온다.

늙은 영감인 박 도사, 가는 기침에 힘든 모습이다.

조수   참말로 못 살겠습니다. 뭐 하려고 거기까지 갔습니까? 길 잊아뿌면 인자 집도 못 찾으면서…

박 도사   내가 와 못 찾아? 누굴 등신으로 아나?

조수   그라면 내가 초량까지 가가지고 부산역 텍사스 다 뒤져 가지고 이렇게 찾아온 건 뭡니까?

박 도사   야가 지금 뭐라 카노? 내가 지금 초량 텍사스에서 오는 기가?

조수   예에! 인자 길도 까먹어버리고… 영 이상합니다.

박 도사   마 됐다… 물이나 한잔 가져온나.

조수   난 새벽에 나가길래 오줌 누러 가는 줄 알았지.

눈이 어두운 조수는 반대쪽으로 나간다.

박 도사   이쪽이다.

조수   (다시 돌아서며) 아 알아요. 알아요. 인자 진짜 잊어버리면 못 찾습니다. (퇴장)

박 도사	알았다. 내 인자 이 방에서 안 나간다. (혼잣말로) 자식 저거는 법대 나왔다고 억시로 사람을 가르치려고 하네.
조수	(물 가지고 들어오며) 아무래도 큰 대학 병원에 가봐야 되는 것 아닙니까? 이거 치매라는 거 아닌가? 아 그러면 큰일인데…
박 도사	마 그만 씨부리고… 니는 니 일이나 봐라.
조수	다 드셨어요? (그릇을 받아 나간다. 또 반대쪽으로 나간다)
박 도사	이쪽 아이가?
조수	아 알아요 알아요. 잔소리는. (퇴장)
박 도사	(혼잣말로) 모르겠네. 내가 거기는 왜 갔을까?… 장 도사 찾으러 갔나? 영 요즘은 깜박깜박하는 게… 형광등 불빛처럼 깜빡거린다. 이게 치매라 카는 거가. (자리에 눕는다)

(반암전)

이때 영감과 할머니 들어온다.

영감, 당당히 들어오고… 할머니, 소심하게 들어온다.

영감	점바치 집이 하나도 변한 게 없네. 박한수 이놈아 내 왔다. 니 데리러 왔다.
할머니	좀 살살 말하소. 기차 불통을 삶아 먹었나. 소리통은…

영감   우리 집에 내가 왔는데 누가 뭐라 카나?

할머니   아직도 영감 집이라고요?

영감   그래… 빚 받으러 왔다… 함 보자… 한 40년 더 됐네…
            여 앉아라. 다리 좀 피라.

영도다리 올라가는 소리

할머니   엄마야. 인자 올라가는 갑다. 나는 그냥 영도다리 들어
            올리는 거 구경이나 할래요.

할머니, 나간다.

영감   변한 게 없네… (누워 있는 박 도사를 보며) 이놈의 자
            슥도 참 많이 늙었네. 일어나라 박 도사. 내 왔다. 불렀
            으면 퍼뜩 일어나서 스승님한테 인사부터 해야지. (양
            반다리를 하고 정자세로 앉는다) 저거 버릇없기는 그때
            나 지금이나 똑같네. 제대로 점바치짓 할라면 자세가 중
            요한데 그래서 넌 안 되는 기야. 왜? 건방지니까. 니처럼
            건방지고 오만하면 우찌 되는지 아나? 실수한다. 실수
            하면 어찌 되는지 니도 안 봤나. 자슥아… 일어나라. 안
            일어나? 이 자슥아… 네가 오라 해서 내 먼 길 돌아왔구
            만 퍼뜩 안 일어나나? 가자.

박 도사	(꿈에서 깬 듯 갑자기 소리치며) 뭐 할라고 왔는교?

이때 조명 밝아지며 조수 들어온다.

조수	박 도사님. 빨리 퍼뜩 일어나 보이소. 손님 왔는데요.

박 도사, 일어나며

박 도사	장 도사 어디 갔노?
조수	장 도사가… 누구입니까?
박 도사	조금 전에 문 열고 들어왔잖아.
조수	인자 헛것도 보입니까?
박 도사	꿈인가? 장 도사 어른이 꿈에 다 나타나네… 마 내 잤드나?
조수	인자 자는 것도 기억을 못 합니까? 장 도사가 누군데요?
박 도사	응… 있다.
영감	자슥 잊아묵지는 않았네.

밖에서 울음소리 들린다.

박 도사	누고? 우나?
조수	예. 들어오자마자 우는데 와 그라는지 박 도사 만나야

된다고… 한 일 년 전에 왔던 손님인데…

여인   도사님… 들어갑니다…

여인 갑자기 들어온다.

박 도사   (놀라 옷을 입으며) 잠깐! 옷 좀 입고 나거든 들어온나.

여인   (들어오며) 박 도사님! 뭐 볼 것 있다고… 인자 점쟁이 접어야 되는 거 아닙니까?

영감   박 도사 니 또 대충 봐가지고 틀린 게 맞제?

박 도사, 옷을 못 입고 이불을 감싸고 있다.

박 도사   다짜고짜 와 이라노? 뒤로 좀 돌아앉아라. 내 옷 좀 입자.

여인   괜찮습니다. 내가 지금 다 죽게 생겼는데… 빨리 입고… 말씀 제대로 해 보세요. (다시 운다)

박 도사   (옷을 입고) 울긴 와 우노?… 이쁜 사람이… 봐라, 얼굴 접히가지고 못나지구로. 그래 와 그라노?

여인   저 기억하시죠?

박 도사   모르겠는데… 내가 손님이 한둘이가. 단골 아니면 잘 기억 못 한다.

여인   왜요? 기억을 못 하세요? 1년 전에 딱 이때 왔잖아요? 잘 봐달라고 돈도 더 많이 내고 봤는데?

박 도사	그래 뭘 봤는데?
여인	아들인지 딸인지요. 내가 배불러 가지고 왔잖아요?
조수	아이고 맞습니다. 기억납니다. 병원에서도 안 가르쳐 준다면서 아들인지 딸인지 가르쳐 달라고 오셨던 분이네요.
박 도사	난 기억이 없노? 저짜 기록 장부 가져와 봐라. (방향을 못 찾는 조수를 보며) 이쪽 아이가?… 그래 와 왔는데?
여인	아들이라면서요?
박 도사	내가 그랬나?
여인	무조건 아들이니까 낳아야 된다고 하면서… 그런데… (울면서) 딸이라고요. 딸이면 안 되는데 딸이라고요?
박 도사	(궁색하게) 와 요즘 딸이 더 좋은데.
여인	분명 아들이라고 도사님만 믿으라고 했잖아요? 저 지금 여기 따지고 나서 저 영도다리에서 뛰어내릴 거라고요.

조수, 눈이 어두워 더듬거리며 기록 장부를 들고 들어온다.

박 도사	(조수가 가져온 장부를 살핀다) 엄마가 그라면 되나?
여인	엉터리 도사님! 저는요. 딸만 넷이에요. 남출이! 첫딸이라고 살림 밑천 한다고 딱 넘어갔고, 다음으로 무조건 머스마 나오라고 필남, 필조. (절망하며) 아이고마 낳다 낳다 쌍둥이가 가시나로 딱 태어나니 우리 시어머니

가 (조수 머리채를 잡으며) 이기 아이고 어무이 잘못했습니다. (다시 조수 머리 움켜쥐고) 3대 독자 아들이라고 아들을 낳아야 된다. 아이고 내 머리 다 빠집니다. 한번만 봐주이소. (다시 잡으며) 고마 디짔부라. 아이구 어무이. (다시 정상으로 돌아오며) 그런데 도사님이 분명 아들이라고… 낳으라고 했잖아요? 그런데 딸이라고요. (울먹이며) 천하에 박 도사라고 신통하다고 소문이 난 분이 왜 틀리냐고요? 예?

박 도사, 덤덤하게 장부를 뒤져 본다.

박 도사   잠깐만 있어 봐라… (장부를 보다 웃으며) 내가 누고? 천하에 박 도사 아니가…

조수   도사님 왜요?

박 도사   내가 틀릴 리가 없지? 암 내가 누군데.

여인   틀렸잖아요? 아들이 아니고 딸이라고요.

박 도사, 호탕하게 웃는다.

조수   왜 그러세요?

박 도사   여기다 다 적어 놨잖아… 한번 봐라. 내가 뭐라고 써 놨는지…

조수, 장부를 본다. 천천히 또박또박 읽는다.

조수 분명 아들이 아니라 딸이다. 그러나 이 딸은 아들보다 몇 배의 가치를 한다. 그러니 낳으면 분명 다시 찾아올 것이다. 그때 이 딸을 혹시 낙태라도 할까 봐. 이 박 도사가 속인다. 딸!

여인, 그 글을 다시 읽는다.

박 도사 봐라. 세상을 제대로 봐야지. 딸이라도 이런 딸이면 아들보다 몇 배나 낫지. 죽이면 되겠나… 그때 내가 딸이라고 사실대로 말했으면 넌 분명히 낙태를 했을 거 아니가.

여인 당연하죠. 당장에 낙태를 했지요. 아들이라고 해서 안 했죠.

박 도사 그래… 이 딸은 천하에 귀한 자식이야. 이런 효녀 없어. 당신 집안을 먹여 살리고 이 자식으로 니도 팔자가 피는 거야. 그러니까 감사합니다, 하고 돌아가. 가서 그 애를 잘 키우라고… 애가 열 살 되면 내한테 한번 데리고 와… 내가 그 귀한 딸을 한번 봐줄 테니까. 잘 키우라고. 복덩이야!

여인, 조수와 함께 나간다.

여인	근데 이게 참말입니까?
조수	우리 박 도사님이 그냥 박 도사입니까? 대통령을 맞힌 도사입니다. 축하합니다. 돌아가시죠?
여인	끝조 야가 복덩이다 이 말이죠? (퇴장하며) 끝조야.
조수	안녕히 가세요.
영감	야 이 자식 봐라. 옛날 내가 써먹던 수법을 잘 써먹네. 잘하고 있다.

조수, 들어온다.

조수	박 도사님 진짜 용하네요. 참말로 딸인 줄 알고 여기다가 써놨네요. 진짜 우리 도사님 대단하십니다.
박 도사	내가 한 수 가르쳐 줄게 잘 들어라.
장 도사	아들 아니면 딸인데 그걸 못 맞히나?… 잘 들어봐라. 그건 간단하다. 아들이라고 일단 하고 장부에다가 딸이라고 써 놓으면 된다.
박 도사	끝.
조수	그건 거짓 아닙니까?
박 도사	거짓이라도 사람을 살릴 수 있으면 그것이 참말인 기라.
조수	그런 게 어딨습니까?
박 도사	디다. 좀 눕자.
조수	예, 배 안 고픕니까? (나가며)

박 도사   안 고프다. 이쪽 아이가?

조수   아 알아요, 알아요… 잔소리는 진짜. (퇴장)

이부자리 다시 펴고 눕는다. (반암전)

영감   이놈 자슥… 내가 가르친 것 잘 써먹고 있네. 일어나라, 가자. 니 스승 장 도사다. 기억하제. 그걸 잊어먹었다고는 못할 거다.

박 도사   (잠꼬대하며) 와 왔는교? 와 왔는데요…

영감   니가 내 말 안 듣고 벌인 그 일 말이다.

박 도사   와 왔는데요?

영감   내가 죽었을 때와 똑같이 돌아가는 이 세상이 나를 불렀다.

박 도사   (화를 내며) 그기, 그기 언제 때 얘긴데?

영감   기억 못 하나? 1979년! (암전) 부산을 기억해라.

2장   1979년

음악 <밀려오는 파도 소리>. 박철홍 작곡, 1978년 제2회 대학가요제 대상작.

지친 조 형사, 노래 부르며 천천히 걸어 나온다. 화난 목소리로.

조 형사   밀려오는 그 파도 소리에 단잠을 깨우고 돌아누웠나? 단잠을 왜 깨우는데 단잠을! 시바 잠 좀 자보자. 벌써 며칠째야? 아이 참. 돌아누워? 내가 지금 돌아가겠다. 아 효주 가시나는 어디 있는 거야? 해가 바뀌도 찾을 수가 없네. (갑자기 욕을 하며) 개새끼 내 막내 동생뻘밖에 안 되는 새끼가 뭐? (경찰서장 목소리를 흉내내며) 야 니네들 못 찾으면 다 죽었어. 귀신을 부르던 빨리 찾아오란 말이야 이 새끼들아. 야! 효주 양 납치사건! 부산 최고 부자 무남독녀 외동딸 효주 양한테 무슨 일 생기면 니네들 죽었어. 나도 죽고. 야 조 형사 넌 새끼야 형사밥 제대로 먹고 살려면 빨리 찾아오란 말이야 개새끼야! (서장이 다리를 찬 흉내를 내곤 다리를 움켜쥐고 아파하며) 개새끼가… (종아리 상처를 만지며) 아 따가워라 그 새끼, 꼴에 경찰서장이라고 그럼 니가 찾아라 시발놈이… 짜바리 생활 시마이 해야 되는 거 아니가? (갑자기 뭔가 생각난 듯 얼굴 밝아지며) 그래 장 도사! (빈 담뱃갑을 던지고 뛰어나간다)

깡깡이 아줌마 깡 여사, 출근을 하다가 조 형사의 뒷모습을 지켜보고 화를 낸다.

깡 여사   쓰레기를 어디다 버리노? 저런 새끼들은 경찰서에 처넣어야 돼. 영도경찰들 다 뭐하노? 아이고 늦었다. 빨리 깡

깡이 치러 가야지. (퇴장)

<사이>

점바치 집.
젊은 박 도사, 장 도사의 조수가 되어 점바치 공부를 배우던 시절, 청
소를 하고 있다.

박 도사   (조간 신문을 쳐다보며) 세상이 왜 이렇노. 부정부패가
왜 이리 심하노.
인간들이 먹는 거 자꾸 욕심내면 몸만 망치는 것이 아니
라 머리까지 등신으로 만든다. 식충이 치고 멍텅구리 아
닌 인간 없다. 쪼매 고파봐야 공복에 머리는 가장 맑아
진다. 머리 잘 돌아가게 하려면 좀 작작 무라 인간아! 아
이고 배고파라. 오늘도 우리 장 도사님은 어디 가셨노?

부분무대. 조명 들어오면 작부집이다.
작부 화정이와 장 도사, 술판이 흥건하다. 뽕짝노래 소리에 두 사람의
막춤은 요란하다.

화정이   (노래를 부르다 갑자기) 도사님! 그만.
장 도사   갑자기 왜 그래? 구름 위에 무릉도원이라. 잘나가다가
꿈 깨네. 망할 년! (앉으며) 술이나 더 치라.

화정이	효주! 부산 최고의 부잣집 딸이 없어졌다고 난리인데, 오늘따라 싱숭생숭한 게… 이년의 팔자가 오늘따라 서러움이 밀려와가지고, 기분 별로네요.
장 도사	(무심하게) 꽃피고 향기 파는 년이 손님만 안 끊어지면 되지. 뭐라고 할 게 뭐 있냐?
화정이	아침 뉴스 들었어요?
장 도사	세상사 내 귀에서 멀어진 지 오래다. (술을 마시곤) 조용한 게 좋다. 마 씰데없이 기분 잡치지 말고 노랫소리 이어가자.

이때 조 형사 방으로 들어온다.

술병을 들어 아무렇게 잔에 따라 마시곤, 장 도사, 못 볼 인간을 본 모양인지 불쾌하다.

화정이	(놀라며) 아이고 좃형사 오빠.
조 형사	세상 좀 불공평하네. 어느 복 없는 새끼는 밤새 초뺑이 치고 눈깔에 벌겋게 달아올랐는데… 어느 놈은 대낮부터 가스나 치마폭에 천국이 따로 없네. 시팔! 도사님 아침부터 작부집에는 뭔 일이요?
화정이	아이 어제 저녁부터 와 계세요.
장 도사	나랏일 한다고 바쁠 건데 대낮부터 니는 웬일이고? 니가 술이 고파서 온 건 아닐 거고?
조 형사	아이고마 나도 인자 이 짜바리 생활로 밥 벌어먹기는 틀

린 모양이요. (화정이에게 역정내며) 술 안 치나? 가스나야. 화정이 이년도 무시하는 걸 보니까. 조 형사 시마이 할 때가 다 왔다니까.

화정이 성격 좋은 우리 좃형사 오빠가 오늘따라 왜 이렇게 귀엽게 구실까? 오빠 한잔?

조 형사 꽉꽉 눌리라. 화정이. 너도 날 좃으로 보냐? 오늘 날로 좃으로 보는 년놈들 왜 이리 많아 시발. 내 그라면 사표 쓴다. 사기꾼 매로 마마 돈이나 왕창 벌란다.

장 도사 그래 잘 생각했네. 좃형사 사주는 짜바리 그만두면 도둑놈 팔자여. 내가 봤잖아. 도둑놈이나 잡는 놈이나 알고 보면 팔자가 똑같은 법이지.

조 형사 (놀라며) 내 팔자가 그리도 좋소? 잘됐네. 이번 기회에 사표 쓰고 사기꾼 새끼들처럼 원 없이 돈이나 벌어야겠다.

장 도사 그 참 좋지. 궁즉변 변즉통이라… 싫으면 그만두고 변하다 보면 또 새 세상이 펼쳐질런가?

조 형사 (정색하며) 됐고! 오늘 나가 여기 온 것은, (주위를 경계하며) 화정이 너 좀 나갔다 와라.

화정이 뭔 비밀 이바구 한다고 심각해지나요? 술집년이 입 싸기로 말하면 역전앞 나발통이긴 하지만… 화정이는 입도 귀도 없어진 지 오래전이라고요.

장 도사 (일어나며) 화정아! 나 통시 좀 가자.

조 형사 (잡으며) 왜 이러시나 장 도사가. 도망가지 말고 앉아

보소.

장 도사 아니 진짜 싸려고 한다니까.

조 형사 빨리 갔다 오슈. 토끼지 말고. 나 진짜 한번 살려주어야
된다고. 도망치면 내 성질 알죠?

장 도사, 나가고 화정이 따라 나가려는 것 조 형사가 잡는다.

화정이 좆형사 오빠. 장 도사 양다리 제일 싫어해. 장 도사 어제
부터 내 찜했다고.

조 형사 (비웃으며) 창신동 열녀 났네? 놀고 자빠졌네. 오늘 나
말이야. 스트레스 이빠이 먹었다고… 눈깔에 뵈는 게 없
는데. (화정이의 치마 속으로 손을 넣으며)

화정이 (손을 뿌리치고) 오늘따라 점잖은 우리 좆형사 오빠가
이상하네. 우리 같은 년은 줘도 안 먹는 사람이.

조 형사 (술잔을 비우며) 뉴스 봤으면 알 것 아니가. 효주 가시
나 이거는 어디 처박혀 있는 거야. 경찰서장 개새끼 이
거는 지 모가지 날라간다고 사표 써놓고 얼른 잡아오라
는 거야.

화정이 (동조하며) 진짜 개새끼네, 그거.

조 형사 무슨 단서가 있어야 잡지. 답답해 미치겠다. (밖을 쳐다
보며) 장 도사 이 양반은 설사 하나 와 안 오노?

화정이 그래서 장 도사한테 물으러 왔구나.

조 형사 화정이 눈치 살아 있네.

화정이	(생각하다) 오빠 오빠. (주위를 둘러보다) 요즘은 장 도
	사는 맛이 갔구. 박 도사가 진짜 도사야.
조 형사	진짜가?

조 형사, 벌떡 일어나 나간다.

| 화정이 | 오빠. 장 도사한테 말하지 마. (암전) |

3장　장 도사의 절망

파도 소리. 박 도사, 깡 여사 상담 중이다.

깡 여사	마 내 팔자야 이미 문디 신세라 볼 것도 없고. 남편 복
	없는 년이 자식 복이라도 있어야 안 되는교? 단디 봐주
	소 박 도사님?

말 없는 박 도사.

깡 여사	내 자식새끼들만 잘되면 더 바랄 게 없습니다. 네네.
박 도사	마 와 이리 시끄럽게 하노? 조용히! (점괘가 나왔는
	지)… 뜨거운 태양이 온 세상을 찌지고… 화기가 올라
	오는 오시에 기나왔다? 음. 강한 여름철 대낮에 불이 활

활 타네.

깡 여사   그 자식 놓은 때 내가 더워서 땀띠가 얼마나 났는지. (겨드랑이를 만지며) 여기가 아직 근지럽다고.

박 도사   (눈을 부라리며) 아따 말 많네… 바로 그거라… 엄마도 화기가 강해가지고 아하고 많이 부딪히네.

깡 여사   그리면 안 좋은 기가?

박 도사   입 좀 그만 열어라.

깡 여사   미안합니다.

박 도사   집에 아가 하늘로부터 부여받은 기운. 즉 용신은 토라서… 토라 하는 기… 무한한 생산력의 근원이 되며 만물을 포용하는 속성을 가지고 있으며 성실하게 자신의 위치를 지키며 꾸준히 목표를 향해 달려가는 끈기와 강인한 인내가 있다고 말하는 기라.

깡 여사   맞아요. 아가 지금 저리도 방황하고 있어도 심지 하나는 굳어가지고.

박 도사   마 다 니 탓이다. 깡 여사가 아새끼한테 이건 안 된다 저것도 안 된다 하니까. 아가 지 심지대로 못하고 자꾸 엄마 눈치를 보는 기라.

깡 여사   에이? 그거야 다 지 잘되라고 하는 거지. 아직 철이 없어서 세상 잘 모르니까 이래저래… 그라고 내가 이제까지 지 하나 보고 (울먹이며) 지 아버지 그리 원양배 타고 멀리 떠나가가 안 돌아오고… 내 지 하나 보고…

박 도사   (말이 따뜻해지며) 기운이라 카는 거는 말로 안 해도 정신 상그럽다. 어미가 옆에서 니 하나 보고 산데이, 하면서 두 눈 시뻘겋게 뜨고 기대하고 부담을 주고 있는데 아가 얼매나 불편하겠노.

깡 여사 (갑자기 자책하며) 내가 나쁜 년이다. 영수 아버지도 이 년의 팔자가 세가지고 그리 빨리 보냈는 갑다. 이년이 일찍 죽었어야 했는데 마 6.25 동란에 살아가지고, 모든 게 다 내 탓이다. 마 이년아 안 뒤지고 만다고 살아가지고 애믹이노? 어이.

박 도사 (고함치며) 고만! 아가 올해 마 합격할라 하면 마 멀리 보내라. 절이나 조용한 데 가서⋯ 니 없는 데.

깡 여사 그라니까 내가 기가 세가지고 아가 다치니까⋯ 아 옆에 얼쩡대지 말고⋯ 아를 멀리 보내라?

이때 박 도사의 뒷방으로 장 도사, 화정이 술주정하며 들어온다.
화정이의 노랫소리 높다가 그친다.

깡 여사 누군데 이리 시끄럽게 하노?

장 도사 (취한 상태에서) 이 누고? 깡깡이 여사가 뭐 또 볼 게 있다고. 옛날에 다 말해 줬는데?

깡 여사 (불쾌한 표정으로) 장 도사님이 이 꼴이 뭡니까? (화정이를 보고) 볼썽사납구로 누구 굿하는 줄 알겠습니다. 대낮부터 작부년까지 끼고.

화정이 (화가 난 듯) 작부?

깡 여사 (같이 목소리 높이며) 그래 작부보고 작부라 하지 그럼 사모님이라 할까?

화정이 (달려들며) 이게 진짜. 너 작부 손톱 맛 좀 볼래? 얼굴에 경부고속도로 4차선 내 줘?

깡 여사 (화정이를 피하고선) 이기 어디서. 내 깡깡이 망치 맛 좀 볼래.

두 사람 싸운다. 화정이 힘에 부쳐서 쓰러진다.

화정이 (서러움에 받쳐 울먹이며) 장 도사님! 어느 년은 호강하고 어느 년은 냄비 팔고. 지는 우짜다가 이런 썩은 팔자가 됐습니까?

장 도사 네가 어때서… 술 먹고 정신줄 놓는 인간들을 위해 네가 하는 일이 얼매나 복 짓는 일인데. 죽으면 극락 간다.

깡 여사 극락 같은 소리 하고 있네. 작부년이 극락 가면 나는 염라대왕 머리 꼭대기에 올라앉겠네. 아이고야 마.

화정이, 깡 여사에게 달려들려고 하다가 기에 눌려 물러난다.

화정이 놀랍니까? 술집 작부년이 천당 간다고요? 예배당에 가던 절로 가야 극락을 가던 천당을 가지. 맨날 천날 술신과 놀았는데. 우리까지 갈 자리가 있을라나? 지옥이라도 안 가면 다행이지.

장 도사   야가 뭔 소리 하노? 노래하제, 술 주제. 마 자기를 희생
해 가며 불쌍한 중생을 이리도 행복하게 하는 일인데…
당연히 천당 가제.

깡 여사   노래하고 술 주면 천당 간다고? 그라면 영도바닥 천당
안 갈 사람 누가 있겠노?

화정이, 눈물 터진 듯 통곡을 한다.

박 도사   깡 여사 그 입 좀. 마 인제 가소 마.

깡 여사   내 마 못 볼 것 봤네. 내 갑니다. (장 도사를 측은한 듯
보고는) 제발 장 도사님.

박 도사에 이끌려 나가는 깡 여사. 박 도사 다시 들어온다. 두 사람의
모습을 보곤 화를 절제하며

박 도사   스승님! 인자 고만하이소. 대낮부터 동네 굿하는 줄 알
겠습니다. 화정이 니, 너거 집 가라. 점집에 화정이 저 작
부년은 말라고 데리고 왔습니까?

장 도사   (정색하며) 야다야. 누가 보면 너거 집인 줄 알겠다. 내
집에서 내가 지랄하는데. 누가 와?

박 도사   마 알겠습니다. 스승님! 여기. (돈을 주며) 인자 손님들
올 시간입니다. 용두산을 가든가 국제시장이라도 구경
하고 나들이라도 다녀오시죠? 저녁까지 쭉 노시다가 통

행금지 사이렌 불기 전에 들어오시소.

장 도사 (돈을 보며) 이것 갖고 누구 코에 붙이노?

개소리가 높아지며 조 형사 목소리 들린다.

조 형사 (목소리) 저리 안 가나? 개새끼들이 내를 따라 오샀노?
내 바지에 똥 묻었나?

화정이 (놀라며) 이기 누고? 좃형사 목소리 아니야? (당황하며)
어머 우짜노?

장 도사 가스나가 방방거리쌓고. 와 죄짓나?

복도로 들어서는 조 형사.

조 형사 박 도사님 계십니까? 아이고야. 집구석 꼬라지 봐라. 이
기 적산가옥이란 거가? 박 도사님 계십니까?

장 도사, 화정이 다락방으로 숨는다. 박 도사, 탐탁지 않은지 구석에
서 있다.

조 형사 (공손한 목소리로) 마 여 퍼뜩 앉으소. 도사님이 오늘
내 좀 도와줘야 됩니다.

박 도사 조 형사, 아침에 아랫도리 씻었나?

조 형사 세수할 시간도 없습니다. 와예? 뭐 냄새납니까?

박 도사	개 냄새가 와 이리 많이 나노?
조 형사	(웃으며) 도사가 개코네. 해장국으로 보신탕 한 그릇 했더니만. 개고 사람이고 다 알아보네. 도사님. 퍼뜩 앉아 보소. 내 죽겠심다. 좀 도와주이소.
박 도사	(무표정으로) 마 됐고. 그래 와 왔노?
조 형사	효주 양 납치사건은 잘 해결됐고… 이번에 송도 토막살인사건.

다락방에 있던 장 도사, 화정이도 같이 놀란다.

박 도사	(놀라며) 사람을 토막을 냈다 말이가?
조 형사	어젯밤에 또 하나 발견돼가지고. 발칵 뒤집어졌다고… 참내… 세상이 우찌 될라고 이라는지. 이번에도 얼굴이고 지문이고 싹 지워가지고. 대갈빡이하고 몸둥아리하고 팔 하나밖에 없는데.
박 도사	일본 놈들이 그런 거 아니가? 야쿠자가 그랬나 보네.
조 형사	(어이없어하며) 이거 도사 맞나?
박 도사	그래 고생이 많겠네. 그라면 살인마 잡으러 가야지. 와 날로 찾아오노?
조 형사	아무도 없지요. (큰절하며) 마 저번에 효주 양 납치사건은 내가 잡은 게 아니라 박 도사가 다 가르쳐 줘가지고 마 해결했다 아닙니까? 그때 효주 양 못 찾았으면 내 집에서 젓가락 빨고 마누라 궁딩이 때리고 있어야 했는데

덕분에 일 계급 특진도 하고.

박 도사   그때 그리 잘 됐으면 박카스라도 한 병 사 와봐라.

조 형사   마 맞다. 다 박 도사 덕분인데 이리 공을 몰라가지고 참 나쁜 놈이네. (목소리 작아지며) 소문은 내지 마소. 이 조 형사가 다 한 걸로 아는데 (주위를 둘러보며) 박 도사가 신빨로 찾았다 하면 내 쪽 팔고 쭈구미 된다.

조 형사의 비굴한 웃음소리. 장 도사, 화정이, 놀라 서로의 입을 막 는다.

박 도사   죽은 사람 사주라도 가져왔나?

조 형사   지금 죽은 사람이 누군 줄 알면 내가 잡지. 토막이라 니까.

박 도사   저승 간 죽은 아비 불알 찾으란 소리지. 내가 뭔 재주로.

조 형사   와 이랍니까? 천하의 박 도사가 천지 도수를 다 안다고 하면서.

박 도사   나도 모른다. 알면 내가 대통령 해 묵지.

조 형사   그래 대통령. 요즘도 푸른 기와집에 어른한테 한 번씩 갑니까?

박 도사   (놀라며) 뭔 소리고? 내가? 그 높은 사람이 와 내 같은 사람을 만나노?

조 형사   와 이라노 참말로 내 다 아는데. 삼성에 돈병철이, 포철에 박태준이도 한 번씩 부른다고 내 다 아는데. 내가 짜바리 아니오? 우리 선수들끼리 이라지 마소.

박 도사 그거 다 헛소문이다. 니 함부로 말하지 마라. 중앙정보부 끌려간다.

조 형사 그래 그건 됐고. 마 이 악독한 살인마 개새끼 이거 우짜면 잡소? 퍼뜩 알리주소.

박 도사 모르겠다. 나도 모르는 게 있다.

조 형사 이번에 한번 더 살리주면 내 평생 박 도사, 6.25 때 돌아가신 우리 아버지라고 하면서 모시고 살 텐께. (넙죽 절하며) 아이고 아버지.

박 도사 니나 내나 나이 비슷한데 뭐라 카노?

조 형사 시바 만날 내한테 욕하고 조 패는 서장 놈도 내 아래요?

박 도사 퍼뜩 가라. 복채도 안 주면서.

조 형사 (능글맞게) 신문사 기자하고 짜바리가 돈 내는 것 봤소? 한번 살리주소. 내 푹 잠 좀 자고 살구로. (퇴장)

개소리.

조 형사 (소리) 저리 안 가나 개새끼야. 내 바지에 똥 묻었나. 확 잡아먹어뿔라.

장 도사, 화정이 다락방에서 내려온다.

장 도사, 못마땅한 기분을 목소리를 절제하면서 박 도사에게 충고한다.

장 도사	명당이라도 개가 앉으면 개자리 된다. 개하고 놀면 개 되는 거야. 노는 사람도 가리가면서 놀아야지. 사주팔자가 똑같은 거다. 도둑놈이나 잡는 놈이나. 도사가 힘 있는 놈하고만 놀면은 고기 먹는 땡중 되고 술 처묵는 목사 되는 기다.
박 도사	(기분이 나쁜 듯) 그라면 도사님은 왜 일도 안 하시고 맨날 저 화정이 작부하고만 노는데. 점집에 술집 차릴 일 있습니까?
장 도사	(절제가 무너지며) 뭐라 이 자식이.
화정이	맞는 말이네요.
장 도사	박 도사 니 단디 들어라. 도사가 하는 일. 사람들 가슴 속에 맺힌 거 입으로 풀어주는 거 아니가. 도사는 말로 풀고.
화정이	작부는 노랫가락으로 풀고.
장 도사	점바치나.
화정이	작부나.
장 도사	똑같은 일이다. (문 입구를 쳐다보며) 저놈의 자슥, 보신탕으로 해장했는 갑다. 개 냄새로 진동을 하네. 백정 같은 놈.

박 도사, 장 도사에게 자리를 내어 주며 나간다.

화정이	언제 씻을 시간이 있었겠어요? 맨날천날 도둑놈, 살인

마 잡으러 다닌다고.

장 도사 화정이 니 조 형사하고 뭐 있나? 이상한데. 둘이 배 한번 맞차 본 것 아니가?

화정이 (불끈 화를 내며) 참말로 못할 소리 안 할 소리 함부로 하지 마요. 나도 사람 가려요.

장 도사 (삐친 목소리로) 영도다리 아래 배 지나가도 자국 없다고. 오만 년이 열녀 행세하네.

박 도사, 다시 들어온다.

박 도사 화정이 니. 퍼뜩 어르신 모시고 가라.

장 도사 돈 더 안 주나? 요즘 잘나가구만은…

박 도사 무슨 내가 빚쟁이도 아니고.

장 도사 니가 빚쟁이 맞아. 야가 잊아뭈나? 네가 언제부터 도사 행사 했노? 아무것도 모르는 놈한테 이 위대한 철학을 가르친 스승이 누고? 내다. 도사 자리 누가 물리줬노? 내다. 잊아뭈지 마라. 화정아! 박 도사 이놈 순 나쁜 놈이다.

박 도사 (돈을 주며) 네 알았습니다. 어서 나가소. 손님 올 시간입니다.

이때 박 도사, 점바치 자리에 앉아 있는 화정이를 보고 역정을 낸다.

박 도사   화정이 니 그 자리 앉지 마라. 그 자리 아무나 앉는 자리
         아니다.

         화정이 삐쳐서 퇴장. 화정이를 붙들려고 쫓아가는 장 도사, 다시 들어
         온다.
         너무도 나약하고 자존감 낮은 모습을 보인다.

장 도사   화정이가 돈 없으면 내하고 안 놀아준다. 자꾸 안동집
         으로 다시 나간다고 하는데 그라면 내 화정이를 다시
         작부집에 보내야 되겠나? 나는 화정이 없으면 못 산
         다. 화정이가 다른 놈들하고 노는 꼴 내 다시 보면 죽
         는다고.

         박 도사, 장 도사의 말을 막으려고 돈을 더 준다. 장 도사, 화색이 돌며
         나간다.

장 도사   화정아, 같이 가자. (퇴장)

         박 도사, 근심 어린 모습으로

박 도사   우리 장 도사님이 왜 저리 변했는지 모르겠네.
         얼마나 고고하고 도도했나 말이다.

박 도사의 회상 속에 장 도사의 모습 비친다.

장 도사　점바치 아무나 하는 게 아니다. 입으로만 먹고사는 게 아니다. 사람을 제대로 볼라 카면은 먼저 몸 공부가 되어 있어야 한다. 몸이라는 것은 신을 담는 그릇인 기라. 내 몸이 유리알같이 정갈해야 사람이 보이는 기다. 머릿속에 잡다한 생각, 그라고 진짜 중요한 것은 쓰잘데기없는 여자에 대한 욕정을 버릴 때 사람이 보이는 기다. 몸과 마음을 정갈히 해라. 그라고 점바치의 말이 얼마나 중요한지 단디 들어라.

장 도사의 모습 사라진다.

박 도사　(생각에 잠기며) 그때 내가 뭘 잘못했다 말이고? 그날 이후 싹 변해가지고 맨날 작부하고만 노시고, 뭐만 물어보면 화만 내시고. 스승님 전 아직 배울 게 많습니다. 얼른 돌아오이소. (퇴장)

부분무대 영도다리 위 깡 여사, 깡깡이 작업 마치고 퇴근길이다.

깡 여사　영도다리 시원하다. 이놈의 깡깡이 지긋지긋하다. 우리 아들만 합격하면 영도바다 떠날 기다. 삐딱 구두 신고 비로도 입고 유세하면서 떠날 기다. (갑자기 입을 막고 놀라며) 영도 봉래산 할매요. (두 손을 비비고 머리를 조아리며) 영도 할매는 어렵게 살다 성공했다고 영도바닥 떠나는 사람들 있으면 해꼬지 한다면서요. 나는 좀 봐주소 내 진짜 고생 많이 했다 아닙니까. 맞지예? 할매요? (퇴장)

장 도사, 화정이 영도다리 위 걸어 나온다.

장 도사   화정아 같이 가자.

화정이   아까 나 눈물 흐르다가 참았어. 나 작부 하지 말라고 이리 끼고 노는 거예요? (진지하게) 그러면 나하고 결혼해요.

장 도사   (기뻐하며) 그래 할까?

화정이   내 비싸요.

장 도사   작부가 비싸 봐야 얼마나 비싸다고.

화정이   평생을 싸게 살았는데 한 번 결혼하는 것 비싸게 팔아 팔자 고쳐야지요.

장 도사   니 사주에 그런 게 없는데… 그란다고 팔자가 고치지나? 욕심내지 말고 생긴 대로 살다 가는 기다. 소는 돼야 정승 부인이라도 하지. 개, 돼지 팔자 가지고는 안 되는 기라.

화정이   (화를 내며) 그럼 난 개, 돼지 팔자입니까?

장 도사, 울고 있는 화정이를 달래려고 노력한다.

장 도사 호주머니 두둑하니께 오늘은 어디 놀러 가까? 우리 영화 보러 가까?

화정이 (일어나며) 도사님 그렇게 안 봤는데. 참 못됐습니다. 흥! (퇴장)

장 도사 화정아! 화정아! 같이 가자. (따라 나간다)

나갔던 장 도사 놀라 다시 뒷걸음질로 들어온다. 깡 여사, 장 도사 뒤를 따라온다.

깡 여사 영도 바닥 소문이 참말이네. 우리 장 도사 등신 됐다고 하더니만. 장 도사님이 어떤 사람입니까? 팔자 쎈 영도 여자들이 위로받고 살아가는 데 정신적인 아버지였다고요. 그런데 저 작부년한테 씌가지고 총기를 다 잃어삐고. 마 정신 차리소 마! (퇴장)

장 도사 내가 그리 훌륭했나? (씁쓸한 목소리로) 나도 다 안다. 내가 와 욕하면서 그놈 박 도사한테 돈 받아 가면서 이래 파락호처럼 사는지. 내가 와 이 모양 이 꼴이고 저놈은 와 저리 기고만장인지 아무도 모른다. (암전)

4장   어두운 날

어느 날 통행금지 시간 깊은 밤.

어둠 속에서 사이렌 소리와 지프차 소리 들린다. 점바치집 문 두드리는 소리.

박 도사, 깨어나서 문을 열기 위해 복도를 지난다.

박 도사   누고? 통행금지 시간 지났는데… 누굽니까? (복도를 지나 퇴장한 후 목소리만) 기다리 보이소. (급한 목소리로 놀라 들어오며) 장 도사님! 일어나 보이소. 서울에서 청와대에서 장 도사님 모시고 갈라고 왔는데요.

장 도사   (이불을 뒤집어쓰며) 없다고 해라!

박 도사   주무신다 했는데요.

장 도사   아프다 해라.

박 도사   왜 그러시는데요.

장 도사   내 죽을병 걸렸다 해라. 오늘 가면 내 못 본다. 빨리 불 꺼라.

박 도사, 불을 끈다. 암전.

어둠 속에서 장 도사, 끌려가는 소리 들린다.

장 도사   (목소리) 뭡니까? 난 모르요. 박 도사야 박 도사야.

박 도사   (목소리) 장 도사님 장 도사님 저도 같이 가입시다.

사이렌 소리 점점 작아진다. 다시 조명 들어오면 상기된 박 도사 모습 보인다.

박 도사   와 청와대 기와 진짜로 파랗더라! (상기되어 고무된 목소리로) 나도 더 열심히 해야 된다. 마 제대로 할라면⋯ (책을 펼치고) 평사지간 진공주! 평범한 가운데서도 내 몸과 니 몸과 마음을 닦을 것이다⋯ 닦을 것이야. (부채를 펼쳐보는 연습을 하며) 확실히 도사들은 부채를 잘 펴야 되는데⋯ 연개지조 화룡!⋯ 참 내 영혼을 담은 몸으로 온갖 변화를 추구할 수 있는 것은⋯ 결국에는 니 영혼뿐이다. 아이고 어렵네.

장 도사 들어온다. 박 도사, 놀라 자리에서 일어선다.
장 도사의 목소리와 모습이 차갑다.

장 도사   간판 뗐나?

박 도사   와 그랍니까?

장 도사   퍼뜩 가서⋯ 간판 떼라.

박 도사   저도 알고 싶습니다.

장 도사   간판 떼.

박 도사   제가 뭘 잘못했습니까?

장 도사   (박 도사 얼굴을 쳐다보며) 몰라? 모른다고? 가서 점집

간판 떼서 영도다리 밑에 버리뿌라.

박 도사 제가 뭐 잘못했습니까? 저는 아는 만큼만 얘기했습니다. 그때 제가 그 얘기 안 했으면 장 도사님 거기서 살아서 못 나왔을 겁니다. 그기 그리 잘못됐습니까? 그라면 장 도사님은 와 아무 말도 안 했습니까?

장 도사 말은 할 때도 있고 안 할 때도 있다. 말이라고 다 말인 줄 아나? 그라고 와 아무 말 안 했느냐고?… 난 아는 게 없어서 말 안 했다.

박 도사 그라면 제가 틀린 말 했다 말입니까?

장 도사 그래 니는 가르쳐 준 대로 진실을 말했지?

박 도사 그런데 와예?

장 도사 그래서 뭐가 보이드노?

박 도사 ?

장 도사 (목소리 높아지며) 무엇을 봤냐 이 말이야?

박 도사 저는 얼굴을 피하지 않고 얼굴을 똑바로 정면으로 쳐다봤습니다. 진짜 말도 짧게 하시고 간단하게 하시는데 얼굴에서 기가 뿜어져 나왔습니다.

장 도사 말 속에 마음이 보이더나?

박 도사 …그거는 못 봤습니다.

장 도사 말은 마음의 알갱이야. 말이 그 사람의 마음인 기라.

박 도사 그라면 장 도사님은 왜 아무 말도 못했습니까?

장 도사 말이 씨 된다 했다.

박 도사 저는 단지 운명은 맞서 싸우는 것이고 그래서 극복해야 되는 것이라고 말했습니다.

장 도사 싸워서 가지면 그만큼 잃어야 돼.

박 도사 저는 단지 진실을 말했을 뿐이라고요.

장 도사 거짓을 말할 때도 있다. 왜! 거짓이 사람을 살리면 그기 진짜기 때문이야. 나 이제 도사 안 한다. (절망한 듯 자리에 앉는다)

박 도사, 말을 하지 않다가 결단한 듯 나서며

박 도사 …그라면 제가 하겠습니다. 제가 이 점집을 하겠습니다. (천천히 나간다)

장 도사 …좋을 대로 해라. 하고자 하는 놈이 하는 거지. 점집 간판에 글자 하나만 바꾸면 되겠네. 장에서 박으로. (암전)

5장 말이 싸운다

영도다리 위. 깡 여사, 흥분되어 나타난다.

깡 여사 안 간다. 너거끼리 가라. 나는 안 간다고. 내가 회를 우예 먹노? 영수아버지 원양배 타다가 바다에 빠져서 고기밥 됐는데 내가 회를 어찌 먹냐고. (주저앉으며) 우리 아들 또 떨어졌다. 지금 절망해서 절에서 안 나오고 머리 깎고 스님 된다고 하는데… 아무래도 이게 다 내 탓인 기라. 내가 박복해가지고 남편 고기한테 던지삐고 아들 하나 빙신 만들었다. 아이고. 내가 죽일 년이다. (바닥을 치며 울부짖다가 갑자기 생각이 난 듯 일어나며) 박 도사! 박 도사한테 물어보자… 박 도사요! (퇴장)

점바치집. 장 도사, 화정이와 술판을 두드리며 노래하고 놀고 있다.
박 도사, 그 모습을 보곤 밖으로 나가려다 결심한 듯 다시 들어온다.

박 도사   (격앙된 목소리로) 아니 스승님 이게 무슨 짓입니까?

장 도사   이놈 말버릇 봐라? 뭐 무슨 짓?

박 도사   내보고는 도인은 심신을 명확해야 한다 하고선 어디서 저런 작부년을.

화정이   작부? 박 도사, 너 술 한번 팔아준 적 있어? 그래 화정이 니나노다 시바! (더 격정적으로 젓가락 장단을 두드리며 노래한다) …오동잎… 한 잎 두 잎…

장 도사   (화를 내며) 이놈이. 내가 너냐? 사람이 지 생긴 것 다 다르듯이 진리도 때론 사람마다 다 다른 것이야. 몰라?

박 도사   코에 걸면 코요. 다리에 걸면 다리입니까?

장 도사   그리고 넌 도사가 되겠다고 공부하는 놈이고 난 도사를 때리치울려고 하는 것이지. 아직 강도 안 건너가 본 놈이 뱃멀미 걱정하고 있네. 내 오늘부터 살림 차린다. 이

집에서 살 기다. 꼴 보기 싫으면 니가 나가던가. 화정이
는 내 여자다.

박 도사 일부러 그러지 마이소. 도대체 진짜는 뭡니까?

장 도사 진짜? 나야 모르지. 다음에 니가 열심히 해서 알면 가르
쳐 주고…

박 도사 진짜 와 이럽니까? 저를 쫓아내고 싶습니까?

장 도사 네놈이 날 찾아왔지. 내가 네놈보고 오라고 했냐? 싫으
면 언제든지 가든가… 네놈이 내 아들놈도 아니고… 우
리 이쁜 화정이 달거리 빨아서 가져오고 (화정에게는 다
정하게) 오늘 저녁 뭐 묵고 잡노 화정아?

화정이, 안주인 행세하듯이 박 도사에게 명령한다.

화정이 어이 박 도사, 창신루 가서 해산탕 사 오고 술은 배갈.

장 도사 (웃으며) 우찌 내하고 입맛이 똑같노. 내가 묵고 싶은
것 다 말하네.

박 도사 (풀 죽은 목소리로) 스승님… 요즘 손님이 없어서.

장 도사 야 이놈아… 점집 물려줬으면 먹여 살려야지. 아직도 그
래가 점바치 해먹겠나? 너 없으면 내가 더 잘하겠다. 썩
꺼져라 이놈아.

박 도사 (나가며) 일부러 그러지 마소. (퇴장)

화정이 (취한 목소리로) 박 도사 저 새끼 내 작부라고 맨날 무
시하고. (쓰러지면서) 세상에 작부 좋아서 하는 년 있으

면 나와! 나 하고 싶어 하는 것 아니거든.

화정이 취해서 대자로 뻗어 잔다. 장 도사, 본 모습으로 돌아와 홀로
상념에 잠긴다.

장 도사   이놈아 내가 왜 그때 아무 말도 안 했냐고? 그 앞에서
어찌 말을 할 수 있나. 마누라 총 맞아 죽고… 당신 새
끼들 다 빙신 돼요, 라고 말하라고? (화정이로부터 멀어
지며) 화정아! 내가 왜 도사공부 했는 줄 아나? (회상에
잠기며) 우리 고향에는 흑돼지가 유명했다. 그래서 흑돼
지 잡는 날 저 아랫동네 아제들이 '형님요 내 구렁이 담
근 술 있는데 가져가까요?' '오냐. 맛 좀 보자.' '우리 형
수님 오늘 밤 잠은 다 잤네.' (웃음) 6.25가 터져뿄다.
(심각해지며) 사람들이 대꼬쟁이로 서로 죽이고 '아제
요, 아이라요.' '아버지 와이랍니까? 아제요 그라지 마이
소. 아버지. 아버지.' (다시 본 모습으로 돌아오며) 너무
궁금한 거야. 그래서 도사 공부했다.

화정이 일어나며

화정이   장 도사님 나는 어쩌다가 이런 팔자가 됐을까요?
장 도사   화정아. 니는… 바람이다. 모양도 없는 바람 팔자인
기라.

화정이	그라면 귀신이네요.
장 도사	와 니가 귀신이고… 이리 이쁘게 살아 있는데.
화정이	바람이라면서요.
장 도사	바람이 얼매나 좋노… 걸릴 것도 없고 매달릴 것도 없고…

화정이, 저 멀리 쳐다보며 앞으로 나와 회상에 잠긴다. 풍덩 물에 빠지는 소리 들린다. (암전)

6장   화정이의 사연

뱃고동 소리. 파도 소리.
영도다리 위에 쓸쓸한 여자, 화정이 지나간다. 빠진다.

<소리> 사람이 빠졌다. 사람이 죽었어… 어매 저 보소… 여자가 죽었다요…

조명 들어오면 장 도사. 물에서 구해낸 화정이를 위해 뒷바라지한다.

| 장 도사 | 화정아. 하늘은 불필요한 것을 세상에 내어놓지 않아. 지극히 공평무사한 것이 하늘이야. 불평불만하다가 세상 다 저문다. |

의식을 찾아 일어나는 화정이, 장 도사에게 화를 내며 고함친다.

화정이 야 나쁜 놈아! 왜 날 살렸어. 도로 죽여라 이 나쁜 놈아! 나 같은 쓸모없는 술집 작부년이 무슨 대수라고. 영도다리 고기밥이라도 되어서 적선하고 극락 가겠다는데.

장 도사 망할 년아. 죽고 사는 것이 지 마음대로 된다면야.

화정이 내가 내 목숨 죽이겠다는데 뭔 말이야?

장 도사 피붙이 하나 없는 박복한 년이.

화정이 (놀라며) 그걸 어떻게 알아요? 하기사 이리 박복한 년이라고 얼굴에 써 놨겠지. 나라도 맞추겠네.

화정이, 천천히 영도다리로 나온다.

화정이 전쟁통에 쓸데없이 혼자 살아남아… (노래하듯이) 비바람에 날리며… 젖으며…

젓가락 장단 소리 들려온다. 화정이, 술집 작부로 들어간다.

화정이 살아온 내 인생. 살아도 그만 죽어도 그만…

화정이 방. 일을 끝내고 화장을 지우는 화정이. 이때 삼식이 소리 들린다.

삼식이	누나! 화정이 누나 있어요?
화정이	(신경질적으로) 누구야. 영업 끝나고 이제 잘 시간인데…
삼식이	나요 삼식이.
화정이	(문을 열며) 늦은 시간에 왜 왔어? 삼식이 이 시간에 왜?
삼식이	누나 하룻밤만 재워주면 안 돼요?
화정이	안 돼!
삼식이	나 내일이면 월남 가요.
화정이	…그래 들어와.

<사이>

| 화정이 | 삼식이 이 자식 밤새 물고 빨고 하더니만 새벽에 조용히 사라지데… '누나 살아서 돌아올게. 살아서 돌아오면 누나하고 결혼할 기다' (웃으며) 아이 미친놈! |

화정이, <바다가 육지라면> 노래를 부르고 화장을 지운다.
이때 월남에서 돌아온 삼식이 팔도 한 짝이 없고, 다리를 절며 걸어 나온다.

| 화정이 | 너, 고생 많이 했나 보다… 몸도 많이 상했네… (삼식이 목소리로) '누나야 내 사람 너무 많이 죽였다. 내 팔다리 |

빙신 된 것 아무것도 아니다 내 이 골통 뒤죽박죽이다. 내 미친 것 아니가… 엄마… 엄마.'

삼식이 천천히 걸어 나간다.

화정이   밤새 엄마만 찾으면서 그날도 이 젖탱이만 물고 빨고 하더니만 새벽에 조용히 나가더니 영도다리에서 뛰어 내렸다 카데… 풍덩!… 그날부터 아무것도 못 하겠더 라. 말도 잊어버렸는지 말도 안 나오고 일주일 동안 낮 인지 밤인지 구분도 안 되고… 손님을 받아도 이 손님 인지 저 손님인지 노랫소리도 안 나오고… 나 이러다 죽을 것 같아!

화정이, 밖으로 뛰쳐나온다. 영도다리 위다.

화정이   바람 쐬러 나왔다. 영도다리 시원하더라… (노래) 영도 다리야 빨딱 들어라… 우리 님이 울고 간다.

화정이, 갑자기 다리 밑에서 누가 있는 듯 바라본다.

화정이   (바닷속에서 삼식이가 손짓한다며) 영도다리 저 밑에서 물속에서 삼식이가 엄마 엄마… 삼식아 왜 추운데 거기 있어? 누나 손 잡어. 어서 삼식아.

소리 (풍덩!)

<사이>

다시 점바치 방.

장도사   세상사 알고 보면 힘들 것 하나도 없어. 있는 그대로 생긴 그대로 받아들이면 되는 것. 부족하면 손을 보고 좀 다듬어보고 그래도 안 되면… 하늘 보고 욕 한번 하고… 그래 그래 내 삶을 위로하다 보면 저 위에서 오라고 할 거야. 그때 조용히 미련 없이 가면 되지. 먼 지가 지랄을 하면서 알아서 뒤지노? 오라 할 때 가는 게 하늘이여. 이 망할 년아.

일어나며 노래하는 화정이, 다시 마음 추스르고 회복된 모습으로 변한다.

장도사   그래 화정아… 뭐시라고… 니 삶을 위로하다 보면 저 위에서 오라고 할 거야.

화정이, 노랫소리 높아지며 격정적으로 춤을 춘다. (암전)

7장 최 의원

빗소리 요란하다. 조명 들어오면 박 도사 점바치 방.

양복을 말쑥하게 입은 전직 국회의원 최발복이 등을 지고 앉아 있다.

이때 박 도사 들어온다.

박 도사 누군데 주인 없는 집에 있는교?

최 의원 어딜 행차한다고 이리 만나 뵙길 힘듭니까, 박 도사님!

박 도사 누군교? 난 첨 보는 사람인데 (자리에 앉으며) 그래 우짠 일로.

최 의원 부산 바닥에 최발복이 모르는 사람도 있습니까? 박 도사님이 모르신다 카면 섭하지요. 부산에서 최고로 복 없는 놈, 최발복 의원 이름도 모릅니까?

박 도사 최발복? (기억이 없다는 듯 얼굴을 유심히 보며) 상은 보니까 큰 자리 하나 하는 사람처럼 보이는데… 와 복이 없다 카노?

최 의원 (긴 한숨을 쉬며) 겨우 두 달. 제가 20대 후반, 보궐선거에 당선되가 국회의원 2달 해묵고 (얼굴이 상기되며) 그놈의 5.16혁명이 일어나는 바람에 의원 자리 쫓겨난 사람입니다. 겨우 두 달!

박 도사 (무덤덤하게 말로만) 아이고 의원 나으리시네.

최 의원 (헛웃음 지으며) 사람들은 날 보면 최 의원, 최 의원 하는데. 거기 내 배창자를 히비파는 소리지요.

박 도사 의원이라 카면 출세한 사람이네.

최 의원 (책상을 탁 치며) 내 이놈의 의원 소리 들을 때마다 속에서 칼이 올라와가지고 오늘도 내 손목을 그어뿌든가. (목소리 높아지며) 당장에 여기 영도다리 올라가서 팍 뛰어내리고 싶은 사람입니다.

박 도사 (여전히 무심한 듯 담담하게) 의원이 어떤 자리인데 두 달이라도 국회의원도 해묵고 했으면 난 사람이구만. 출세했구만은.

최 의원 (답답하다는 듯) 거기 지금 병 아닙니까. 지 말 좀 들어보고 박 도사님이 살리주소. 지가 그 후론 국회의원 다시 될라고 용을 쓰는데, 벌써 두 번 나와가지고 다 떨어졌다 아닙니까.

박 도사 공천을 못 받고 무소속으로 나왔나?

최 의원 지가 어디 등신입니까. 무소속으로 나오구로. 마 저번에는 있는 돈 없는 돈 다 챙기가지고 공화당으로 나왔는데.

박 도사 (말을 막으며) 그라면 무조건 당선 아니가?

최 의원 당연히 그렇지요. 마 공천 받는 날! 무조건 이번에는 국회의원 된다고 벌써 꽃다발 싸 들고 온 놈도 있고요. (머리를 조아리며) 의원님 하면서.

박 도사 (아는 척하며) 그기 진짜 꽃다발이가? 돈다발이겠지.

최 의원 도사라고 모르는 게 없네. 맞습니다. 우리 집 앞에 왈왈왈! 똥개 새끼들처럼 사람들이 줄을 서는데 이 최발복이 만날라고. 이 가슴에 인자 금뺏지만 달고 마 국회의원 다 됐다 했는데 국회의원 최발복이… 그런데 상대당 신민당에서 누가 나온 줄 압니까?

박 도사 누가 나와도 못 이기지. 중앙정보부하고 경찰들이 가만히 있나, 다 도와주는데. 그래 누가 나왔다 말이고?

최 의원 (울상이 되며) 바로… 김영삼이가 우리 지역구에 출마한 거라요.

박 도사 우짜겠노… 바로 떨어졌겠네.

최 의원 똑 떨어졌습니다!

박 도사 참 복도 복도 문칠네 복이네.

최 의원 (마음을 추스르며) 마지막입니다. 신문 봤지예. 국회의원 하나가 뇌물 묵고 교도소로 안 갔습니까?

박 도사 봤지.

최 의원 제가 출마할 깁니다. (큰절을 하며) 이번에 보궐선거에 출마한 최발복이라고 합니다.

박 도사 (무시하는 듯 무심하게 행동하며)…

최 의원 (울먹이며) 인자 재산도 없고 아무것도 없습니다. 묵고 죽을래도 없습니다. 이제 날 살릴 수 있는 사람은 도사님밖에 없습니다.

박 도사 하늘이 점지하지 내가 무슨 힘으로…

최 의원 (정색하며) 지가 무신 등신입니까? (소리를 낮추며) 각하도 혁명 전에 여길 찾아왔다는 것 내가 다 알고 왔습니다.

박 도사   (놀라서 큰 목소리로) 그런 소릴 어디서 듣고 왔는지 모르지만 그건 헛소문이다. 그런 소리 할라면 가라!

최 의원   (안주머니에서 칼을 꺼내 보여주며) 이러지 마이소. 내 아무것도 없는 놈이라고 박대하시면 안 됩니다. 내가 이 판사판 이번에도 안 되면 바로 영도다리에서 떨어질 수 있는 놈이라고요. (비장하게) 조상 무덤을 파라 하면 파고, 옮기라면 옮기고 다 할 깁니다. 당선만 될 수 있다면. (칼을 자기 목에 대며) 지금 제 눈 똑똑히 보이소. 이기 사람으로 보입니까? 눈에 피가 맺히서 한 맺힌 귀신이지 이기 사람입니까?

박 도사   (놀라서 자제시키며) 최 의원! 자!

최 의원   (더욱더 비장한 목소리로) 의원이라고 부르지 말라고 했습니다.

박 도사   (달래며) 자 칼 내려놓고.

최 의원   (칼로 당장 그을 듯) 으윽!

박 도사   (조심스럽게) 마음을.

최 의원   (칼로 목을 찌를 것처럼) 악!

박 도사   (자리에 앉으며) 그래 공천은 받았고?

최 의원   (칼을 놓고 자리에 앉으며) 당연히 못 받았죠. 내가 공천을 받았으면 여길 찾아왔겠습니까?

박 도사   무소속으로 우찌 이기겠노?

최 의원   그러니까 도사님 신빨이라도 받아 볼라고 하는 것 아닙니까?

박 도사 (짜증을 내며) 자꾸 신빨 신빨 하는데. 그것이라면 푸닥
거리 잘하는 용한 무당 하나 소개하고.

최 의원 죄송합니다. 우짠동 제가 사는 방법을 가르쳐주시오.
(무릎을 꿇으며) 내 모든 것을 바치겠습니다.

박 도사 (침묵하다가) 여기 사주 적어놓고 가세. 집안사람들 것
도 하고.

최 의원 (진심으로 감동하며) 감사합니다. 우짠동 이번에 당선
만 시키주이소. 내 평생에 (울먹이며) 내 평생의 은인으
로. (울음)

박 도사 큰일 할 사람이 울고 그라노. 칠일 후에 찾아온나. 내가
할 수 있는 게 있고 없는 게 있으니까.

최 의원 최선의 방책을 찾아주이소. 박 도사만 믿습니다. 그럼
고맙습니다. (안주머니에서 봉투 두 개를 꺼내며) 요거
는 내 사주하고 우리 집 식구 꺼고. (두 번째 봉투를 통
째로 주며) 요 봉투는. (책상 위에 놓고 나간다)

최 의원, 퇴장하면서 연신 뒤를 돌아보곤 감사의 인사를 한다. (퇴장)
박 도사, 최 의원이 주고 간 봉투 속을 뒤져본다. 돈이 아니라 편지가
들어 있다.

박 도사 내가 개털입니다. 당선되면 사례하겠습니다… 이 사람
진짜로 다 말아먹었는가 보네.

박 도사, 최 의원이 주고 간 본인 사주와 가족 사주를 들여다본다.

박 도사   경인에 을생이라… 어이구야 부모… 재산 있네. 처와
자식 복이 있고… 관상이 양립… 칠살만… 남아 있는
격이라.

이 모습을 쳐다보는 장 도사 나타난다. 장 도사, 뭔가 다 알고 있다는 듯.

장 도사   세상은 원래 제 돌아가는 그대로 버려둬야 한다. 물이
제 갈 길로 흘러가듯 세상은 굴러가야 그게 순리다. 순
리를 거스르게 하면 세상을 혼탁하게 하고, 큰 혼란 속
에 빠트리는 수도 있는 것, 이게 비극이다.

박 도사   (쳐다보지도 않고 집중하며) 저도 공부 할 만큼 했습니
다. 이젠 뭔가를 보고 싶습니다.

장 도사   뭐가 보이더냐? 보인다면 그건 허상이고 안 보이면 그
건 니가 사람이기 때문이야. 용쓰지 마라! 실수의 애미
는 자만이다.

박 도사   (일을 내려놓고 작은 짜증을 실어) 스승님은 대통령을
만들었다면서요? 나도 스승님처럼 용을 만들고 싶습
니다.

장 도사   (실망하며) 지금 내가 아무것도 할 수 없는 사람이 되어
있는 걸 보고도 그걸 부러워하냐.

박 도사   (간섭하지 말라는 뜻으로) 나도 내가 할 수 있는 데까지

해보고 싶습니다.

장 도사 (하소연하며) 치워라! 나를 보고 참아라.

박 도사 (담담하고 차갑게) 스승님. 알고 싶습니다. 그날 그때
무슨 일이 있었나요?

박 도사의 압박에 장 도사 소심히 물러난다. 더욱더 압박하며 다가서
는 박 도사.

박 도사 혁명 전 부산 군수 사령관 박정희가 스승님을 찾았다면
서요?

장 도사 (손사래를 치며 부정하면서) 잊었다. 난 아무것도 모른
다. (물러나며) 억지 부리지 마라.

박 도사 (단호하게) 최발복이… 내가 당선시킬 겁니다.

장 도사, 어찌할 수 없다고 생각하며 자리에 불쑥 앉으며 절망한다.
이때 화정이 나타나며 술상을 가져온다.

화정이 술이나 한잔하세요.

장 도사, 술병째로 마신다. 이때 부분무대 최발복이 나타나며 선거운
동 중이다.

8장   최발복의 출마

최발복의 선거운동. 띠를 두르고 확성기를 들고 연설 중이다.

최발복   아아. 최발복입니다. 이놈 저놈 다 필요 없습니다. 그럼 누굴 뽑아야 하느냐? 인물을 보고 뽑아야지요. 그럼 왜 제가 인물이냐? 요고 요고 천기누설입니다. 저기 영도다리 박 도사가 이 최발복을 점지했습니다. (선거송을 부르며) 자 널리리야. 이 최발복이. 점바치 박 도사님이 점지했습니다. 확실합니다. 무소속입니다. (객석을 돌아다니다 퇴장)

다시 점집.
뒷방에 장 도사의 술주정과 화정의 노랫소리 들린다.
몰입하며 사주를 뒤져보던 박 도사, 도저히 못 참겠다며 화를 내며 일어나서 고함친다.

박 도사   아예 술집을 하시지요. 점집에 여인의 분네가 진동을 하네. 장 도사님! 신성한 점집에 이게 무슨 일입니까? 좀 조용히 하세요. 이기 무슨 술집이가 작부집이가. (화정이에게 손가락질하며) 화정아. 너거 집 가라!

화정이   (애교스럽게) 박 도사도 여기 와서 한잔해!

박 도사   스승님 지금 스승께서 먹고 마시는 것, 전부다 제가 벌어다 드리는 겁니다.

화정이   박 도사, 산 입에 거미줄 치겠어? 도사님이신데 없으면 없는 대로 또 다른 사는 방법이 있겠지. 박 도사도 여기 와서 한잔하고 우리 같이 놀자고?

박 도사   (화를 크게 내며) 야 화정이 이년아! 너 방금 나보고 뭐라고 했어? 너 장 도사님 믿고 날 함부로 하지 마. 알겠어?

화정이   (같이 맞서며 지지 않고) 왜 이래? 내가 누구야? 이제 장 도사님이랑 한 이불 속에 살면 내가 자네보다 위지. 안 그래?

박 도사   (화정이에게 다가가며) 너 이리 나와. 확 그냥!

화정이   (약 올리며) 안 가! (노랫소리) 닐리리야!

박 도사   (억지로 참으며) 점집이 완전히 개판이네.

장 도사, 아무런 미동도 없이 술만 먹고 있다.

그 모습을 보곤 화가 난 박 도사 밖으로 나가려고 하는데 이때 최발복 들어온다.

최 의원   박 도사님 계시오? (장 도사를 발견하고는 상기되며) 오늘 봉래산 자락에 구름 걸리더만 이런 재수가 있나? 최발복이 천하의 두 도사님을 한꺼번에 다 만나다니. (장 도사에게 큰절을 하며) 인사 올립니다. 이번에 출마한 최발복이라 합니다.

장 도사와 화정이의 술상에 끼어드는 최발복.

최 의원 (술병을 들어 권하며) 도사님 한잔씩 하이소. (화정이에게) 우리 사모님?⋯ 잠깐. 이게 누구신가? 안동옥의 무궁화. 젓가락 장단의 문화재. 화정이까지 여기 있었네.

화정이 최발복 의원님! 설마 절 찾아 여기 오신 것 아니지?

최 의원 (의문스럽다는 듯) 이게 뭐고? 도사들 사이에 젓가락장단의 일인자, 화류계의 전설 화정이가 중간에 딱 자리 잡고⋯ 그러니까 이 그림을 어떻게 해석해야 되노? (한참을 생각을 하곤) 아 그러니까⋯ 화정이가 보살이 되셨나?

화정이 (좋아하며) 보살? 그래 보살! 나 이제 화정보살이라고 불러 줘.

최 의원 (같이 동조하며) 화정보살 좋네.

화정이, 보살같이 영험하듯 무당 행세를 흉내 낸다. 최발복도 같이 동조하며 연신 손바닥을 빌고 있다.

화정이 (목소리를 근엄하게) 최 의원. 그 많던 조상 땅 다 팔아 까먹었다며.

최 의원 (머리를 조아리며) 예 맞습니다.

화정이 최 의원이. 이번에 떨어지시면 이제 완전히 거덜인데⋯

또 하시려고?

최 의원 집구석, 거덜은 이미 나서 걸레 됐고. (정색하며) 화정
이 너까지 날 찌그러진 고물 수도꼭지로 본다? (긍정
하며) 그래 맞다. 하지만 너 아직 이 최발복이 잘 모르
는가 본데 이 최발복이 지고는 못 사는 사람이야. (호
탕한 웃음) 오늘 보니 이 최발복이 하늘이 버리질 않
네. 저 봐라 서광이 짝 비추네. 내 뒤에 천하에 박 도사
에 장 도사까지 턱 하니 앉았는데 난 이번에 당연히 당
선이지. (술병을 들어) 자 도사님들 한 잔씩 올립니다.
두 번 떨어지고 재산 다 날린 최 의원 한 잔 올립니다.
(따르던 술병에 술이 없다) 술이 없네. (실망하며) 이거
잘나가다 삼천포로 기차가 돌아가네. (일어나며) 자 자
남포옥으로 자리 옮깁시다 도사님들. (반응이 없자) 화
정보살님 뭐 하십니까 자리 옮깁시다. (갑자기 안주머
니를 열어보다) 아이고 내가 지갑을 안 가져왔네. (나
가며) 마 제가 씹은 대선 말고 두꺼비로 한 병 사 오겠
습니다. (선거송을 부르며 나간다) 닐리리야. 최발복!
오늘도 외상이다. (퇴장)

화정이 (장 도사에게) 최 의원 이번에 당선될 수 있을까요?

박 도사 (점괘 장부를 뒤지며 의문스러워하며) 참 이게 요상한
팔자라. 운대가 맞아질려면 합방이 잘돼야 하는데…

화정이 (엿들으며) 그렇지. 남녀가 한 이불 속에서 떡방아를 찍

어도 궁합이 맞아야 한다.

박 도사 (혼잣말로 고민스러워하며) 이 일을 어쩐다? 하나를 얻으면 둘은 내어놓아야 하는 사주라.

화정이 (박 도사 말을 듣고 자의적으로 해석하며)… 우뚝 솟은 하나에 움푹 패인 하나가 만나지 이 젖탱이가 뭐가 필요한가요?

박 도사 제대로 운때를 만들려면 최발복이 하나로는 심이 약하고… 둘을 더 희생해야 하는데… 이게 사람으로 할 짓이냐 이거지. 자기 운은 약하고 둘을 더 심어야 되는데… 그럼 둘이 뭐냐?… 잘못하다가는 공든 탑 만들고 우는 꼴이라.

박 도사의 고민 말을 무심히 들으며 술만 마시던 장 도사, 갑자기 참견한다.

장 도사 말려야지. 우는 꼴을 어찌 볼라고. 박 도사! 네가 말해 줘라.

박 도사 나도 말리고 싶지만… 눈 안 봤소? 시뻘겋게 독이 올라 있는데 어찌 말립니까?

장 도사 (단호하게) 그래도 말려야지. 다음이 어찌 된다는 것을 아는 사람이 말려야지.

화정이 (혼자 점괘를 찾으려고 술병을 돌리며) 지 재산 다 말아먹고도 의원이 돼야 한다고 저렇게 그물에 걸린 대방어

마냥 파닥거리는데… 살려줘야지.

박 도사 살리려니… 둘을 버려야 한다. 이게 문제라니까. 이 둘이 뭔지를 모르겠다 말이야.

화정이 (흔들던 술병을 내려놓으며) 저 양반, 이번에 떨어지면 세상 살 사람 아니요!

박 도사, 자기 고민을 실토하며 장 도사에게 조언을 구한다.

박 도사 도사님. 이 일을 어찌하면 좋겠습니까? 버려야 할 둘이 뭔지만 알면. 말해가지고 최발복이 스스로 판단하게 하면 되는데 (마침 옆에 있는 것처럼) 너 당선되려면 자 이 둘을 버려야 한다. 니 그래도 국회의원 할 기가?

장 도사, 침묵하던 입을 연다. 우유부단 고민을 하는 박 도사를 향해 단호하게 말한다.

장 도사 국회의원이 어떤 자리냐? 억지로 아무나 하는 게 아니다. (일어나며) 옛날에 한 마을에 정승이 될 새끼가 태어나면 근동 읍내에 같이 태어난 아새끼들은 다 바보천지가 된다 말이지. 아니면 싹 다 뒤지던가.

화정이 (스스로 해석하며) 안동옥 손님이 바글바글하면 남포옥, 부평옥에 파리 날린다. 허이!

장 도사, 박 도사에게 염려와 함께 충고를 한다.

장 도사 박 도사. 아무래도 안 좋아. 최발복이 위해서 자네가 설득하게나. 그게 도사의 도리 아닌감? 하나를 위해 둘을 버릴 순 없잖아.

박 도사 (답답해하며) 이 인간이 그걸 이해하고, '그러면 내사 마 때리치울라요' 하겠냐고요?

장 도사 숯을 갈아서 흰 물을 얻어야 하는데. (음성 높아지며) 당연지사 이게 사람이 할 짓이냐? 도사의 명분은 사람을 살리는 것!

박 도사 이번에 떨어지면 최발복이 영도다리에서 떨어진다고 할 게 분명한데. (답답해하며) 그렇게 하겠냐고요?

장 도사 그러면 지가 가장 소중히 여기는 둘을 버려야 하는데 그것보다 자신을 버리는 게… 이왕지사 점괘가 그런 걸 우짜겠노. 무얼 숨기겠나 사실을 다 말하게.

박 도사 나는 못합니다.

장 도사 (고함치며) 그게 점바치가 해야 할 일이다.

박 도사 저는 못합니다.

이때 술병을 들고 최발복이 들어온다.

최발복 최발복이 당선을 위해 건배!

이때 장 도사와 박 도사의 표정이 냉랭하고 화정이도 자신을 외면하는 모습을 보던 최발복.

최발복   이 분위기 와 이렇노? 송장 치나. 다시 분위기 살리자고요. (율동과 함께 노래하며) 부처님도 예수님도 아니 놀리지 못하리라. (노래) 최발복이 당선을 위해 건배!

나머지 세 사람, 얼굴이 굳어지며 고심한다. (암전)

9장   최발복이 당선되다

점바치집. 박 도사의 노랫소리 들린다. 조명 들어오면
박 도사, 술에 취해 화정이의 겉옷 한복을 입고 횡설수설하며 주사가 심하다.

박 도사   노세 노세 젊어서 놀아. 늙어지면 못 노나니. (갑자기 자신을 원망하며) 에라 등신 박 도사야. 천하의 도를 얻어 천하도인이 되겠다 하다가 종 됐다 이 등신아! 점바치라는 놈이 하나만 알고 둘은 몰라 가지고 주둥아리 함부로 놀리다가 등신 됐다. 이놈의 박 도사야!
화정이   (들어오며) 웬일이야 천하의 박 도사가?

박 도사, 화정이를 보자 위로받고 싶다는 듯 매달리며 가슴에 얼굴을 묻고는 울음을 터트린다.

박 도사   화정아!

화정이   박 도사 아직 숫총각이지.

박 도사   (놀라 떨어지며) 뭐라 카노 내 나이 몇 살인데 숫총각이가?

화정이   내가 누구야. 화정이야. 얼굴에 써 났구만.

이때 장 도사 나타난다. 박 도사, 정신을 잃지 않으려고 노력한다.

장 도사   화정이는 와 안았더노? 호기심이가 아니면 니도 수컷이라고 꼴리더나?

박 도사   (갑자기 고함지르며) 와요. 나도 음양의 이치 좀 알면 안 됩니까?

장 도사   그런 거 몰라도 도사짓 잘하드만 와?

박 도사   (기가 죽어 목소리가 작아지며) 앞이 깜깜하고 아무것도 안 보입니다.

장 도사   (정색하며 단호한 목소리로) 거짓이라도 사람을 살리면 그기 참말이야. 명성이 그리 탐이 나드나!

박 도사   (절망한 듯) 미련 없습니다.

장 도사   (목소리를 높여 책망하며) 점바치는 사람을 살리는 일이야!

박 도사   누가 모릅니까?

장 도사   그걸 아는 놈이 그 짓을 하나?

박 도사, 면목이 없어 힘이 빠지며 쓰러지듯이 앉는다.

이때 젓가락으로 점괘를 찾아내는 화정이.

화정이   바람이 먼저였는지 술이 먼저였는지… 장 도사님 이거

한번 봐요? 이 젓가락이 들어 봐야 여기까지고… 내려

봐야 술상 위밖에 안 돼.

박 도사   (일어나며) 그래도 그사이 장단이 나오며 조화가 일어

나니 그게 대단한 것이지. (오바이트하려고 해서 밖으로

뛰쳐나간다)

장 도사   먹었으면 싸야지 왜 다시 올리냐? 먹었으면 싸야지. 올

리면 안 되잖아.

화정이 조용히 노래 부른다. 다시 들어오는 박 도사.

박 도사   화정아 내 숫총각 맞다.

화정이   이제 숫총각 아니다.

박 도사   뭐라 카노 음양합덕도 안 했는데?

화정이   꼭 합방을 해야 해? 사내 가슴 저 깊은 곳에 순정을 봤

는데.

박 도사, 화정이에게 넋두리하듯 화정이에게 과거를 고백한다.

박 도사   화정아. 내가 전쟁통에 고아가 되었어. 혈혈단신! 이 영
도다리에 사람 찾는 이산가족들이 자기 피붙이 찾겠다
고… 영도다리로 몰려오는데… 나는 어쨌는지 아나? 난
찾을 사람도 아는 사람도 하나 없는 오직 나 하나밖에
없더라고. (장 도사를 향해 인사를 하며) 장 도사님 고
맙습니다. 고맙습니다. 그때 이 불쌍한 놈을 밥 먹여주
고 안아준 사람이 바로 이 장 도사님이다. 아버지 같은
분이지. 장 도사 아버지요. 고맙습니다. (다시 머리를 조
아린다)

장 도사   (외면하며) 나, 니 아버지 안 하고 싶다.

박 도사   그때 장 도사님이 영도다리 아래 천막 치고 점집을 하는
데, 울고불며 가족을 찾는 사람들을 위해 점을 보는데
다들 울며 왔다가 웃으며 가더라고.

장 도사   먹고산다고 그랬다.

박 도사   얼매나 그게 멋있고 자랑스러운지… 내도 점바치 될라
고… 내가 저 영도다리 위에 뜬 보름달을 보며 빌었다
고. (빌며) 나도 우리 장 도사님처럼 되게 해주세요.

장 도사   거기 빈다고 되는 것이가? 다 헛짓이다.

박 도사   그런데 지금 이게 뭐냐고? 내 천성이 천박하고 무식하
여… 그냥 먹고 살려고 했을 뿐. (울먹이며) 내가 왜 이
래야 하냐고요? 장 도사님 내가 어째 해야 되는지 가르

쳐 주소. 내가 왜 이리 되어야 하는지 가르쳐 주이소.

박 도사의 울먹임은 애원조로 변한다.

장 도사   (담담하게) 나도 날 모르는데 널 어찌 알겠냐? 모른다. 이게 나다.

박 도사   (일어나서 화를 내며) 모르다고요? 모른다고요? 모르면서 와 도사 하요?

장 도사   (무심하게) 도사라고 다 아나?

박 도사   (눈이 뒤집어져 흉포하게 변하며) 그러면서 왜 도사 하요? (장 도사의 목을 누른다)

장 도사   (목이 졸리며) 나는 모른다.

박 도사   (조르던 목을 놓으며 일어서면서) 도사 때려치울라요.

두 도사를 모습을 담담히 보고 듣던 화정이. 일어나며 호통치는데 갑자기 도통한 사람처럼 보인다.

화정이   잘난 척 하지 마! 새끼들아! 다 안다고 씨부리지 말라고! 여기 보라고. 별것 없다니까. (젓가락 장단을 보여주며) 울고 웃고. 지지고 볶고. 올리면 내리고. 붙으면 떨어지고. 이게 인생이야. 천불 나면 두드리라고 (젓가락 장단을 들려주며) 그럼 무슨 소리가 나는 줄 알아? 그저 깊은 속에서 울어준다고. 그게 젓가락 장단이야. 장

단치면서 노래하고 노래하다 보면 (가슴을 인식시키며) 이게 녹아내린다. 내 가슴속에서 녹아내린다고. (두 사람을 쳐다보면서) 노래나 부르자고. (젓가락을 두드리면서 노래하며) 영도다리야 팔딱 들어라. 통통배가 지나간다…

장 도사, 박 도사, 각자 진정된 모습으로 자리를 잡아 앉는다.

이때 부분 무대. 최 의원, 상복을 입고 입후보자 띠를 두르고 나타난다. 평소의 무데뽀 같은 모습은 사라지고 침울한 모습에 상기되어 담담하게 연설을 시작한다.

최 의원 최발복입니다. 이 미친놈, 조상재산 다 말아먹고도 오직 국회의원이 되겠다고, 그것 하나만 보고 살아온 최발복입니다. 제가 선거 때마다 호소했습니다. 내 한번 제대로 국회의원 되어서 국민을 위해 이 한목숨 바치겠다. (웃음) 그것 순 후라이입니다. 순 거짓말이라고요. 그런 것 없어요. 그런데 뭐 때문에 되어야 하는가? (숨을 한번 깊게 쉬고) 네… 저 남들 밥 못 먹어서 대갈빡에 버짐 필 때 저는 쌀밥 처먹으면서 잘 살았고. 전쟁 중에 피난민들이, 거지들처럼 떠도는 사람들 보면서도 한 번도 밥숟가락 나누어 먹어보지 않은 이 최발복이었습니다. 부자 아버지 잘 만나가지고 부산 바닥에서 떵떵거리며 죽어가는 사람 있어도 눈 하나 깜짝 안 하고 얼마나 잘 살았는지 모릅니다. 잘 놀았습니다. 그래서 재산 있겠다 뭐 할 것 없나 보니 이거 국회의원 하면 재밌겠더라고요. 내하고 똑같은 놈들, 내보다 더 나쁜 놈들이 내 발밑에 몰려들어 내 아랫도리 붙잡고 놀고 싶어 하는데 이기 얼마나 재미있겠노. 그래서 국회의원 되고자 환장했습니다. 이런 놈한테도 하늘은 또 복을 주는가. 아내와 아들놈 하나 있는 게 그리 착합니다. 지 남편 자슥 재산 다 말아먹고도 정신 못 차리고 국회의원 될 거라고 양복 빼입고 미친놈처럼 떠돌아다닐 때, 말 한마디 잔소리 한마디 안 하고 기 죽지 말라고 내 양복, 저 비싼 옥스퍼드 양복점에서 맞추어 주는 여자입니다. 이 여편네가 없는 살림 혼자서 고생하며 아들 하나 키우는데. (갑자기 울먹이기 시작하며) 그 아들놈은 이런 놈을 아버지라고… 아버지 출마했다고 새벽부터 선거운동 하면서 돌아다녔습니다. (목이 메 울부짖으며) 아들아!… 그놈이 오늘 새벽 청소차에 받치가지고 마 죽어뻤네요. 참 네. 지가 와 죽노? 죽으라면 내가 죽어야지. 어차피 이번에도 떨어져 낙선할 게 분명한데… 이번에 낙선하면 안 그래도 이 최발복이 뒤질라고 영도다리 떨어질라고 마음먹었는데… 와 지가 먼저 죽나 말입니다. 우리 마누라 지금 제정신 아닙니다. 죽은 사람 진배없습니다. (추스르며) 이런 놈이 저 최발복입니다. 이런 놈이 국회의원 되면 우리나라 망합니다. 저를 꼭 낙선시켜 주십시오. 저 같은

놈 찍으면 절대 안 됩니다. 이 최발복이 나쁜 놈 꼭 떨어
지게 하이소. 감사합니다. 아들아! (퇴장)

장 도사   그래 최발복이 떨어졌나?

화정이   당선됐어요.

장 도사   (버럭 화를 올리며 박 도사 멱살을 잡으며) 박 도사 이
놈아. 너도 죽어라. 나하고 같이 죽자.

박 도사   (축 처진 목소리로) 안 그래도 죽고 싶습니다. (암전)

10장   장 도사의 과거

점바치집. 늦은 밤 통행금지 시간도 지났다. 장 도사, 누굴 기다리는
듯 자리 앉아 있다.

장 도사   (회상하며) 5.16혁명 1년 전 적산가옥 바닥이 무너질 듯
힘찬 발걸음이 한발 한발 걸어 들어왔다.

어둠 속에 그림자처럼 군복 입은 장군이 나타난다. 군화 발걸음 소리
크다.

장 도사   부산 군수 기지사령관 박정희 장군의 걸음걸이는… 작
은 키와는 반대로 무척 육중하게 들려 왔다… 누고?

이때 문풍지 넘어 그림자가 보인다. 모자와 지휘봉을 든 장군의 모습이 실루엣으로 보인다.

장군   (목소리) 꼭 알아야겠소?

장 도사   몰라도 되지. 점 보러 왔소?

장군   (목소리) 그라면 점집에 술 먹으러 오는 사람도 있나?

장 도사   목소리에 한이 참 많네. 우째 아들이나 가르치는 훈장짓으로 먹고살아야 할 사람이 군바리가 됐네.

장군   (목소리) 도사는 도사네. 그렇소. 소싯적에 선생질 좀 했소.

장 도사   밖에 바람이 쐬고 싶어서 우찌 선생질 했을꼬.

장군   (목소리) 잘 맞추네. 그래서 마 만주벌판에 말 타고 싶어서 갔소.

장 도사   칼 차고 말 탔네.

장군   (목소리) 총도 쏘고 대포도 쏘고 했지.

장 도사   사람 참 많이 죽였겠소.

장군   (침묵이 길어지다가 목소리)… 임자 내 얼마 있다 혁명할 기요.

장 도사   (담담하게) 내가 우짜라고?

장군   (목소리) 성공하겠소?

장 도사   시장통에 푼돈으로 노는 사람이… 그리 큰 걸 우찌 알겠소?… 당신 생각은?

장군   (목소리) 모르니까 도사 찾아왔지.

장 도사   지구 돌아가는 소리 들어봤소? 이렇게 큰 게 돈다 카는 데 우리는 한번 못 들었소.

장군   (목소리) 와 못 듣지?

장 도사   너무 큰소리를 들었다간 고막 안 터지겠소?

장군   (목소리) 알겠소. 고맙소… 큰 뜻이 있으면 사는 기고… 작은 것 가지고 하면 죽는다 그 뜻이네.

장 도사   잠깐! 하나만 당부합시다. 해가 질 때는 노을이 참 이쁘 요. 그때는 마 내리놓으소.
당신 이름 희 자 우찌 생겼는가 잘 보소.

장군   (목소리; 한자로 熙 자를 쓰며) 신하 신臣 자에 몸 기 자… 점이 아래에 네 개네… 신하에게 총을 맞나? (웃으 며) 고마운데 뭘로 보답하면 될까?

장 도사   (담담하게) 노을 예쁠 때 막걸리나 한 사발 받아주소.

장군   (목소리) 그러지. (그림자 조명 암전)

장 도사, 어둠 속에 일어난다. 표정이 저 멀리 쳐다본다.

암전.
다시 조명 밝아지면 장 도사, 술 취해 주사 부린다.

장 도사   박 도사 야 이놈아 술 좀 사라.

박 도사   (들어오며) 오늘은 술 좀 그만하이소. 아프다 하면서 와 자꾸 술만 먹는지?

장도사　시끄럽다. 평생 점이나 보면서 묵고살라 했는데… 마 등
　　　신 되어가지고… 뭐 할 기고? 퍼뜩 술 사 온나.

박도사　안 합니다. 나도 이제 안 하고 싶습니다.

장도사　그라면 돈도… 나가서 묵을란다.

부마항쟁. 데모 소리, 최루탄 터지는 소리. 이때 화정이, 기침하며 술
병 들고 들어온다.

화정이　밖에 저 소리 안 들려요? 마 학생들하고 시민들하고 데
　　　모한다고, 전쟁이 났는데 어딜 간다고. 동명극장 앞 창
　　　신파출소가 불에 탔대요.

장도사　(알고 있었다는 듯) 벌써 다 와 가네. 인자 내가 가는 날
　　　도 얼마 안 남았네.

박도사　(놀라며) 뭔 소립니까?

장도사　술도 안 사주는데 안 가르쳐준다.

화정이　갈 때 가더라도 술이나 한잔합시다.

장도사　오늘은 막걸리가 묵고 싶네. 가서 막걸리로 바꿔 온나.

화정이　소주만 먹던 사람이 와 이라노? 갑자기 사람이 입맛이
　　　변하면 죽는다 카던데.

장도사　(크게) 그래 인자 묵고 갈라고.

화정이　나도 같이 갑시다.

장도사　그래 막걸리 사 온나.

화정이 (나가며) 내 퍼뜩 갔다 올 테니 상 차려 놓으세요.

장 도사 (멀어지는 화정이를 향해 큰 목소리로) 상은 말라고?

화정이 (멀리서 들리는 듯 목소리가 높아지며) 가는 날인데 이별주라도 거하게 해야지. 내 젓가락 장단도 마지막으로 한번 치고.

장 도사 (크게 웃으며 큰 목소리로) 맞다. 화정이 니가 오야다. (기침 소리)

화정이 퇴장

박 도사 맨날 말하던 가는 날이 오늘입니까?

데모 소리, 최루탄 소리 크게 들려온다.

장 도사 천지도수에 순응하지 않으면 혼란과 화를 당해서 사람이 상하는 거다.

박 도사 운명에 맞서 싸워야지요. 할 거 안 할 거 다 해서 극복해야지요.

함성 소리 들린다.

장 도사 저 소리 안 들리나? (침울해지며) 노을 이쁠 때 갈라고 했는데… 벌써 해지고 어둡다.

박 도사	불 키면 되지요.
장 도사	키지 마라! 어둠이 있어야 다시 해는 뜬다.

이때 총소리. 박정희 유고 뉴스 들려 온다. (암전)

11장   현재

파도 소리 들려오면 깡 여사 늙은 모습으로 영도다리 위를 걷고 있다.

깡 여사	저 파도 소리처럼 세월 참 덧없이 흘렀다. 부산사람 집에 가면 벽에 용두산 꽃시계, 그라고 이순신 장군 동상 앞에 영도다리에서 찍은 사진은 꼭 하나씩 있다. 부산사람에게 영도다리는 그 무엇이었다… 그라고 또 뭐가 있을까? (퇴장)

박 도사, 잠자리에서 조용히 일어선다. 뒷방에서 쳐다보고 있는 장 도사와 화정이.

박 도사	퍼뜩 안 오고 뭐 합니까? 아무리 미운 제자라도 이리 왔으면 마중이라도 나와야지.

장 도사, 화정이 나타나며

화정이	진작 와 있었는데 몰라보더니만.
장도사	늦기사 늦었지 영도다리 퍼뜩 들린다 해서 구경 한다고 늦었다. 그런데 옛날 그 영도다리가 아니고 새로 난 기가?
화정이	새로 만들었다 안 하대요.
장도사	그라면 가짜네.
화정이	가짜가 있으면 진짜도 어데 있겠지요.

박 도사, 일어나 저승 갈 차림을 한다.

박도사	한 시절 잘 놀았다. 봉래산에 해가 뜨면 천마산에 해가 진다.
장도사	망할 놈, 지금이 몇 년도고?
화정이	2014년이요.
장도사	그리 오래됐나? 우리는 언제 죽었노?
화정이	1979년도.
화정이	도사 영감쟁이 10월밖에 안 됐는데 춥다 캐가지고… 연탄불 피우다가… 마 죽었잖아요.
장도사	맞다. 연탄가스 묵고 죽었제. 우리.

조수 들어온다.

조수　　(박 도사 죽은 걸 확인하며) 도사님! 와 이래요? 정신이
　　　　오락가락합니까? 우리 도사님 죽었네!

박 도사　박 도사 죽었다!

노랫소리에 박 도사, 장 도사, 화정이, 춤을 추며 퇴장.

끝.

황금음악다방

프롤로그

김중아는 어쩜 마지막이 될지 모른다는 생각에 애창곡 <상아의 노래>를 부른다.

이 노래는 그의 북받친 울음과 함께 끝을 맺지 못하고 중지된다.

김중아   (연인과 헤어지는 것처럼 애지중지하던 기타를 쳐다보며) 영애! 난 널 사랑했다. 내 사랑 영애! (훌쩍이며) 미안하다. 널 이렇게 보내야 하다니 다 내 잘못이다. 너 하나 지키지 못하는 이 못난… 사내를. (자신을 책망하며) 이 사람을 용서하지 마라. 사람? 이게 사람이냐고? 병신, 무능력자, 거지새끼, 돌아이… (슬픔을 추스르며) 그래 이제 그만하자. 내가 입이 열 개라도 무슨 말을 할 수 있겠어? (기타를 내려놓고 전화를 걸며) 여보세요! 국제시장 국제악기 국 사장 바꿔주세요…. 왜냐구요? 영애 팔려고요… 국 사장 들어오면 영애 남편이 전화 왔다고 전해 주소.

김중아, 전화를 끊고 정을 떼고 싶어서인지 기타를 두고 일어나 떨어진다.

김중아   (미안해하며) 널 배신한 것을 바로 나인데, 내가 널 원망하는 이 감정은 뭔데? 미안하다. (기타에 다가가며)

마지막인데 진짜 마지막인데 (기타를 잡으며) 우리 노래 한 곡 더 하고 헤어지자. (튜닝을 하며) 고마워! 내 사랑 영애!

김중아는 노래 전주를 치면서 왜 기타의 이름이 '영애'인지 설명을 한다.

김중아 널 국 사장으로부터 사는 날. 난 너무나 기뻐서 기념으로 영화를 봤지. 그 영화는 바로 영애가 나오는 영화. 그 영화에서 영애는 복수의 화신 금자 씨 역 '너나 잘하세요!' 정말 매력적이었지. 복수를 하기 위해 금자 씨, 영애의 모습은 너만큼 날씬하면서도 도도했으며 섹시했지. 영애! 그래서 넌 영애가 된 거야. 영애야!

김중아는 기타의 장례식을 하는 것처럼 관에 담듯이 케이스에 정중히 담는다.

1장 중아와 우성

이때 김중아의 회상으로 사채업자 캐쉬 박 박우성이 빚을 독촉하는 전화가 온다.

박우성 김 선생님 저 나쁜 놈 아니잖아요? 그런데 왜 법 없이도 살 사람을 시팔 놈으로 만드냐고? (점점 말이 험해지며) 시발! 죄송합니다. 욕하면 안 되는데 (입을 닦고는) 욕이 그냥 설사 빠지듯이 그냥 나오네. (애원하면서) 위대한 우리 김 선생님! 진짜! 나 캐쉬 박 없으면 이 바닥에서 누가 급전을 일수를 내주냐고? (다시 화를 내며) 정말 거지 같은 놈들. 양심 없는 놈들! 어깨 다독거리면서 얼마나 인내하면서 돌봐줬냐고? 안 그래요? 김 선생님? 오늘 이 캐쉬 박 오후 4시 은행 마감까지 찾아간다. 우리 오늘 웃으면서 만나자고 김 선생님! (퇴장)

김중아, 치를 떨며 안고 있던 기타를 내려놓는다.

김중아 개새끼! 좆만 한 새끼. 나이도 어린놈이 싸가지라곤 없는 새끼. 피도 눈물도 없는 거머리 같은 새끼. 와라, 새끼야! 우리 영애 데리고 가서 잘 사는가, 내 지켜본다. 나쁜 새끼야!

문 두드리는 소리. 우성이다.

김중아 누구요?
박우성 좀 좋은 데 살면 누가 뭐라고 하나? 차도 안 들어오네. 김 선생님 나 캐쉬 박! 안녕!

| 김중아 | (작은 목소리로) 거머리 같은 놈. 빨리도 왔다. |

머뭇거리다가 문을 여는 김중아.

박우성	(주위를 둘러보다가) 야 뭐야? 예술가였어? 아이고 김중아 선생?
김중아	…
박우성	(정중하게) 미안합니다. 아티스트를 몰라봐서. 작곡가? 섹션맨? 아니면 가수?
김중아	(퉁명스럽게) 용건만 말해!
박우성	(의자에 앉으며) 어허 돈 빌려준 은인 보고 이러면 안 되지. 까칠하게. 하여튼 옛날부터 빚진 놈이 설사하고 방구 뀐다고.
김중아	설사? 말이야 방구야? (비꼬며) 돈 한 번 빌려주고 장원급제했네. 벼슬이다.
박우성	사실 나라서 이 정도지 다른 놈들 같으면 벌써 (배를 까서 보여주며) 여기에 바느질 들어갔다고.
김중아	(담담하게) 자 여기 돈 될 만한 것 있으면 다 가지고 가라.

박우성, 주위를 세밀하게 둘러보자 스피커, 드럼 등 음악 관련 자재들이 있다. 물론 모두 오래되고 낡았다.

박우성 (감탄하며) 아니 이 아저씨 멋있게 사시네. 우리 행님들, 노 형님, 장 형님이 이 모습 보시면 울고 가시겠어. 유유자적, 도원결의!

김중아 (궁금해하며) 노 형님은 누구고 장 형님은 누구야?

박우성 내가 한때 모시던 형님들인데 지금은 돌아가시고 안 계시지. 노자, 장자 형님!

김중아 너 같은 놈들 입에 그분들이 놀고 있으면 참 타락 많이 하셨네. 그 형님들. (비꼬며) 공자 맹자도 네 행님이냐?

박우성, 드럼을 두들겨 보다가 갑자기 표정이 차갑게 돌아온다.

박우성 난 아침밥 찬물에 말아 먹고 어떻게든 살아보겠다고 이렇게 찾아 헤메는데, 선생님은 여기서 국민정서 함양을 위해 '자짜 잔짠 잔' 하고 계신다? (드럼을 다시 세게 두드리고) 세상이 어떻게 되려고 이렇게 불공평한 거야. 시바!

김중아 이보시오. 난 음악이 직업이요. 노는 것이 아니라.

말을 막는 박우성, 갑자기 생각난 듯 하소연을 혼잣말하듯이 일방적으로 한다.

박우성 오늘 일진 사납네. 일찍 퇴근해서 발 씻고 야구 보면서 조용히 있어야겠네. 내가 말이요 오늘 오전에도 당신처

럼 대단한 분을 찾아 헤맸지. 시바. 오 층 아파트 오 층
에 사시네. 엘리베이터도 없어요. 하지만 어쩔 수 없잖
아? 내려오라고 고함칠 수도 없고. 꾸역꾸역 올라갔수
다. 갑이 을을 찾아서. (계단을 오르는 모양으로 숨이
차다) 그런데 집에 없어요. 방금 전화할 때 집에 오면 준
다고 하고선 날 물 먹였어! (분노하며) 내 이 새끼 이번
에 잡히면 아주 63층 가서 기다릴 거야. 엘리베이터 못
타게 하고 그렇게 복수해야지 내가 시바.

김중아, 듣기 싫어서 말을 막고 기타를 들고 나온다.

김중아　　영애 가지고 가! 그거면 본전하고 더 남아.

박우성　　이게 뭐야? 기타 이따위 걸 가지고 570만 원이랑 퉁치
자고?

김중아　　(놀라며) 500이지 왜 570이야?

박우성　　복리! 몰라? 예술가시라 세상 물정 몰라가지고 어떻게
사시나? 두 달 이자가 들어갔잖아, 아저씨?

김중아　　자 우리 영애 그 정도 값어치는 하니까 가져가!

박우성　　(고함치며) 시바 영애 영애 하지 마. 누가 들으면 진짜
여자 가져간다 하겠다.
예술가 아저씨 잘 들으세요. 두 번 이야기 안 합니다. 우
리 캐쉬 세상에서 통용되는 중요한 금 세 가지 있는데
한번 맞추어 보슈.

김중아   금? …

박우성   몰라? 잘 들어보슈, 현금! 지금! 입금!

김중아   먹고 죽으려 해도 없다니까. 이것 말고는.

이때 전화벨 소리. 우성, 전화를 받는다.

박우성   (목소리 부드럽고 공손하게) 여보세요. 여사님… 예 두
          손으로 공손히 받고 있습니다… 예! 잘 알고 있습니다.
          신용의 캐쉬 박입니다…. 걱정하지 마시고 오늘도 무사
          히. 그럼.
          (전화 끊고) 이 아줌마 오늘도 노래방에서 사시네. 노랫
          소리 들려 오는 것 보니까.

김중아   자 이제 볼일 다 보셨으면 영애 들고 나가.

박우성   예술가이시니 짜라 봐야 국물도 없겠네. 오늘 일진이 왜
          이러냐? 할 수 없지. 이것 내 가져가는데 담보로 가져가
          는 거니까. 이번 주 내로 소식 주쇼. (기타를 들고) 가자
          가시나야. 어서 따라온나 영애야! (퇴장)

김중아, 연인을 떠나보내는 심정으로 아쉬워한다. 우성 나가다 다시
들어오며

김중아   왜 다시 오고 지랄이야?

박우성   (부드러운 목소리로) 예술가 선생. 노래도 가르치고 뭐

그래?

김중아 말 까지 마 임마. 갚았잖아? 그건 왜?

박우성 (박수 치며) 좋았어. 우리 프로젝트 하나 하자. 내가 요
즘 모시는 사람 하나 있는데 이 사람이 가수가 되고 싶
어 환장을 해요. 아저씨 아니 선생님이 맡아서 가르쳐
봐. 내가 이 아줌마 얼굴을 본 적이 없는데 돈이 많아.
하여튼 내 빚 퉁쳐 줄 테니까 이 아줌마 한번 잘 해봐.
오케이?

김중아 싫다. 나 정신 나간 사람하고 안 논다.

박우성 (설득하면서) 나하고 동업한다고 생각하고 진행해 보자
고. 아저씨의 이 절망의 동굴에 빛이라도 보이게 되는지
어찌 알아. 내가 레슨비 지불한 걸로 하고 우리 한번 해
보자. 응? 아저씨.

갑과 을이 바뀐 것처럼 김중아는 당당하고 박우성 애원하며 설득 중
이다.

김중아 (의자에 거만하게 앉으며) 먼저 나 보고 선생님이라고
불러. 아저씨 하지 말고. 그리고 말 까지 마. 내가 최소
한 삼촌뻘은 되겠다 자식아.

박우성 알았어.

김중아 (눈을 흘기며) 네!

박우성 그래 알았다고요.

김중아	레슨비 한 주, 두 번에 50, 10주면 땡이다. 내 빚 모두 청산?
박우성	존나게 비싸네. 시바. 좋아. (중아의 모습을 깊숙이 쳐다보며) 그런데 아저씨 아니 선생님 노래 잘해?
김중아	못 믿으면 그냥 가고…
박우성	좋아, 잘하겠지. 폼 보니까. 잘하겠네.

우성 박수 치고 정중히 김중아에게 악수하며 계약을 맺는 시늉을 한다.

박우성	자 그럼 기념인데 우리 하고 먹을래? 안 하고 먹을래?
김중아	뭘 하고 안 하고야?
박우성	아나고 한 접시에 소주 한잔하러 나갑시다. (퇴장)
김중아	(따라가며) 영애는 주고 가야지 임마! (암전)

2장   우성과 금 여사

금 여사, 사우나에 있다. 얼굴 팩을 하고 가운을 걸친 모양이다. 이때 우성의 전화가 온다.

박우성	(흥분한 목소리로 아부성 있게) 금 여사 사모님 기뻐하십시오. 부산 최고의 숨은 고수를 제가 찾았습니다. 이 캐쉬 박이 말입니다.

금 여사, 부산 억양으로 서울말 흉내를 낸다.

금 여사   그래요. 이번도 저번처럼 그냥 조금 그 바닥에서 껄떡
대다가 줏어 들은 몇 마디 가지고 허풍 치는 짜가들 아
니죠?

박우성   (머리를 조아리며) 원숭이도 나무 위에서 바나나를 놓
칠 때가 있다. 저번에 저의 실수 인정! 하지만 이번은 아
닙니다. 제가 조사 확실히 했습니다. 금 여사님!

금 여사   (가르치듯이) 실수? 그래 누구나 실수는 하지. 하지만
왜 결정적일 때 미스가 테이크냐면. 지 생각만 하니까
그런 거야. 프로! 프로는 말이야 클라이언트의 목표가
무엇인가를 분명히 알아가지고 확실히 결과를 모시고
올 때 프로라고 한다고.

우성, 전화기를 귀로 듣지 않고 떨어져서 건성으로 듣는다.

금 여사   박 실장이라고 했나요? 프로는 말이에요. 클라이언트가
100을 요구하면 120을 가져와야 프로라고 해요. 그냥
실수다 이번이 처음이다. 다시는 안 그런다. 이러면 쪽
스럽게 아마추어 되는 거예요. 아시겠어요?

우성, 아니꼽지만 참으며 말을 공손히 이어간다.

박우성	사모님 정말이라니까요? 모르셨구나? (웃음) 제가 누굽니까? 제가 부산 바닥 발발이 캐쉬 박! 걱정하지 마십시오. 부산 최고의 프로듀서 화려한 경력의 소유자를 분명 사모님 발아래 가져다 바치겠습니다. 저만 믿어주세요.
금 여사	물론 나야 박 실장을 믿지만.
박우성	감사합니다.
금 여사	다른 사람들은 별로 당신을 신뢰하는 것 같지 않던데.
박우성	(목소리 높이며) 누굽니까? 참 세상에 나쁜 놈 많네. 사모님. 전 사모님이 너무 순수하신 게 항상 이 캐쉬 박은 걱정입니다. 제가 주일마다 우리 목사님이 하시는 말씀이 '세상에 제일 나쁜 놈. 지옥에서 가장 반기는 놈이 누군 줄 아세요? 남 욕해서 덕 보려고 하는 새끼들' 이런 놈들 진짜 조심하셔야 합니다. 저는 누구보다 사모님이 절 신뢰한다고 믿습니다. 제가 가장 존경하는 분 중에 한 분이 운장 형님이십니다.
금 여사	운장… 형님? 택시 운전하세요?
박우성	관자 운자 장자! 쓰시는 우리 관운장 형님은 오늘도 삼국지 40권짜리 고우영 선생님 만화 속에서 도도히 살아 숨쉽니다. 운장 형님은 항상 저에게 말하십니다. '캐쉬 박 난 너의 맨토야' '서로 씹는 이런 불신의 세상에 오직 하나만 생각하라. 의리!' 저는 매일 그 운장 형님의 활약상을 아침마다 화상실에서 꼭 한번 보고 출근합니다.

금 여사	좋아요. 됐고. 그럼, 그분 전화번호 문자로 찍어 보내세요. (암전)

전화 끊어지고 우성, 자신에 대해 만족한 모습이다.

박우성	어쭈 제법인데. 돈 좀 있다고 이 캐쉬 박을 가르치려고 한다? (비웃으며) 아직 캐쉬 박이 누군 줄 모른 것 같은데 (손을 비비고 머리를 조아리며) 조금 있으면 '박 선생님 몰라뵀습니다. 한 수 가르쳐 주십시오' 하도록 내가 널 만들고 말겠어. 기다리라고 돈 많은 아줌마.

박우성, 환희에 차서 노래를 부르며 나간다. 암전.

3장   금 여사, 김중아를 만나다

김중아의 음악 사무실,
얼굴에 붕대를 감은 금 여사는 길에서 전화로 김중아 사무실을 찾고 있다.

금 여사	여보세요. 한참을 왔는데 경남부동산이라고 나오질 않는데 어떻게 된 거죠?
김중아	아이고 내 대가리야. 뭐가 또 보이나요?

금 여사	백치세탁소!
김중아	조금 더 올라오세요. 그 길 따라.
금 여사	선생님. 너무하신 것 아니에요? 30미터 오면 있다면서요?
김중아	대략 그 정도 오면 경남부동산이 있다니까요?
금 여사	제가 발로 60보를 세면서 왔는데 한 보가 50. 두 걸음이면 1미터. 30미터면 60보 맞잖아요? 정확하게 말씀하셔야지.
김중아	미치겠네… 대략, 약, 어바우트… 몰라요? …미안합니다. 10미터만 더 오시면 경남부동산 보일 겁니다. 어서 오세요.
금 여사	확실히 20보 더 가면 있는 거죠?
김중아	네. 어서 오세요. (전화를 끊는다) 지금 도대체 몇 시야. 길치라도 그렇지 완전히 장애인 수준이구만.

적당히 청소를 한다. 이때 금 여사 사무실로 등장한다.

비닐봉지에 음료수를 사 들고 나타난다.

김중아	(어색해하며) 안녕하세요!
금 여사	(주위를 둘러보고 못마땅해하며) 잠깐만 아저씨. 아니 선생님 화장실이 어디죠?
김중아	(손가락질을 하며) 저기.

금 여사   (급하게) 저기 어디요? 빨리?

김중아   (당황해하며) 들어오는 1층에 입구 옆에.

금 여사, 빠르게 나간다.

김중아   (큰 목소리로) 열쇠 가지고 가야죠.

금 여사, 급하게 다시 들어와선 열쇠를 빼앗듯 가져간다.

김중아   (황당해하며) 이 여자… 뭐야? 그리고 얼굴을 왜 가리고 지랄이야.

금 여사, 찡그린 얼굴로 다시 나타나며

금 여사   (참는 표정으로) …화장지가 없잖아요. 빨리 좀 주세요.

김중아, 화장지 찾아서 준다. 받아서 금 여사 급하게 나간다.
이때 박우성으로부터 전화 온다.

박우성   선생님. 우리 금 여사 도착하셨죠?

김중아   네.

박우성   잘 찾아가셨네. 내가 모셔야 되는데, 하필이면 오늘 어머님 제사라. 이거 큰 실수 아닌지 모르겠네. (웃음) 좀 바꿔주시죠. 선생님.

김중아 지금 여기 없는데…

박우성 아니 잘 도착했다면서요?

김중아 오긴 왔는데 지금 잠시 나갔네.

박우성 (알고 있다는 듯이) 또 화장실 가셨구만. 오시면 제가 전화 왔다고 전해 주세요. 아참! 선생님 잘하셔야 됩니다. 그래야 정리가 확실히 됩니다. 아시겠죠? 그럼 믿고 이만.

우성이 할 말만 하고 일방적으로 전화를 끊는다. 황당해하는 김중아.

김중아 이것들 진짜 뭘 하자는 건지 뭐야?

금 여사, 배를 만지며 등장. 아직도 불편하다.

금 여사 (힘 없이) 물 좀 없어요? 또 실패야. 힘만 썼네. 변비가 심해. 또 실패했네요. 저기 제 핸드백 좀 주시겠어요?

김중아, 핸드백을 가져다준다.

금 여사 (의자에 쓰러지듯이 앉으며) 빽 열면 알약 있죠? 그것 좀 꺼내 주세요.

김중아 (기분이 나빠지며) 당신이 꺼내면 되지.

금 여사   (힘이 없다는 것을 보여주며) 이거 안 보이세요. 제가 일
          어날 힘도 없어요.

          김중아, 느릿하게 꺼내 준다.

김중아   이봐요. 금 여사라고 했나요? 방금 박우성 씨 전화 왔
          는데.

금 여사   전화 좀 줘봐요?

김중아   당신 전화 쓰지 왜 내 전화를 왜?

금 여사   이봐요 아까우세요? 제 전화 충전 앵코 나기 직전이니
          까 그러죠.

김중아   (퉁명스럽게) 제 전환 받는 것만 돼요. 거는 것은 안 돼!

금 여사   (황당해하며) 그런 전화도 있어요?

김중아   요금을 안 내면 당분간. (입을 막으며) 아닙니다. 그래
          절 찾아오신 이유는?

금 여사   박 실장이 말하지 않았나요?

김중아   대략 음악을 공부하고 싶다 정도.

금 여사   (혀를 차며) 대략 너무 좋아하시네. 대략, 어바우트. 이
          러니까 오늘 내가 찾아오는데 고생했잖아요.

김중아   이봐요. 초면에 너무 친한 척하시는 것 아닌가? (진지하
          게) 뭐 얼굴에 한방 맞아서 다쳤나요?

금 여사   (당당하게) 아니요. 제가 가수가 되고 싶다 결심하고 나
          니까 얼굴이 중요하더라고요. 아무래도 요즘은 비주얼

시대다 보니까. (자신의 몸매를 의식하며) 그래서 몸매
는 이만하면 어디 가도 꿀리지 않는데 얼굴은 조금 정말
조금 모자라는 것 같아서 약간 손을 봤죠.

김중아　그래 가수는 왜 되고 싶어 하는지 그 이유나 한번 들어
봅시다.

금 여사　이유보다 먼저 제 노래 실력부터 한번 보는 게 순서 아
닌가요?

김중아, 마음이 내키지 않지만 기타를 가져온다.

금 여사　기타를 주세요. 제가 직접 반주를 하면서 노래를 해 볼
게요.

김중아　안 됩니다, 이 기타는. (궁색한 변명을 할 것 같아서) 하
여튼 안 됩니다.

금 여사　(혼잣말로 구시렁거리며) 누가 보면 자기 애인이라도
달라고 한 줄 알겠네.

김중아　뭐라고요?

금 여사　자 노래 시작합니다.

<사이>

김중아의 기타 반주에 금 여사 노래한다.

<사이>

4장   낭만에 대하여

노랫소리 들려오고 박우성이 사무실로 내려오다 이상한 낌새를 느낀
듯 벽에 붙어 숨는다.
금 여사의 노래가 끝난다.

금 여사   (자기 노래에 도취되어) 오늘따라 내 노래가 너무 감동
적입니다.

김중아   기본은 하시네요. (땀을 닦는다)

금 여사   자 그렇게 땀 삐질거리지 마시고요.

김중아   이거 땀 아닙니다. 노래를 가르쳐야 하니까 뭐부터 할지
생각 중입니다.

금 여사   (손수건을 건네고 웃으며) 그래요? 그럼, 낮술을 하셨
나. 얼굴은 왜 그렇게 홍당무인가요?

김중아   원래 제가 빨간 얼굴입니다. 피가 얼굴에 많이 몰리는
체질이라 그렇죠. 소양인!

금 여사   빨간 얼굴? (웃음) 전 하얀 얼굴입니다. 오늘따라 파운
데이션에 비비크림을 떡칠을 했죠. 여기 보세요. 목에 색
깔이랑 다르죠. 봐요.

김중아   정말 차이 나네요.

금 여사 (진지해지며) 선생님. 여자들이 화장을 왜 하는지 아세요? 아니 제가 화장을 왜 하는 줄 아세요?

김중아 알죠. 예뻐 보이려고 그러잖아요.

금 여사 빙고! 하지만 전 아니에요.

김중아 예? 그럼 왜죠?

금 여사 꾸미는 것. 전 사실보다는 거짓이 좋아요. 맨얼굴의 여자들. 저 경멸해요.

김중아 생얼이 얼마나 깨끗하고, 솔직해 보이는 여자들이 얼마나 많은데.

금 여사 맨얼굴의 여자들. 그 정도로 니네가 솔직하고 당당하냐? 나 아니에요. 못난 코가 싫어서 높였고. 이 얼굴 거의 가짜들이에요. 이거 다 화장빨이에요.

김중아 참 솔직하십니다.

이때 숨어 있던 박우성, 등장하려 하지만 금 여사의 대사에 놀라 다시 물러난다.

금 여사 (주위를 둘러보며) 냄새가 나요. 뭐랄까. 오래된 사과 냄새? 어쩜 며칠 된 안 갈아입은 팬티 냄새?

김중아, 자기 몸의 냄새를 맡고는 주위를 치운다고 소란스럽다.

금 여사 그만두세요, 선생님. 저 계단을 내려오는데, 그때부터 그 냄새는 이미 있었고. 지하계단! 사실 참 내려오기 싫더라고요. 지하라면 이상하게 추락하는 느낌. 내 스스로가 비참해져 오는 느낌…

김중아   미안합니다. 하지만 지하 아니면 소음 때문에 음악 하기가 어렵죠. 그리고 지하가 집세가 쌉니다.

금 여사   (혼자의 감상에 빠져) 한 계단 한 계단 내려오는데 제 위선과 거짓이 하나 하나 벗겨지는 느낌! 이상하게 솔직해지고 싶어지더라고… 바로 자유로워지는 경험.

김중아   사실 너무 더럽죠? 제가 깨끗한 것을 모르는 사람입니다. 이렇게 누추한 곳을 찾아주시니 황송합니다. 그런데 왜 꼭 여길 혼자 오겠다고 하셨나요?

금 여사. 괜히 진지하게 생각하다가

금 여사   (맥락 없이) 저를 칼로 해부해서 뼈를 바르고 장기라도 파실 건가요?

김중아   (목소리를 무섭게 하며) 사실 마음에 안 들면 그렇게라도 해야겠습니다.

숨어 침묵하던 박우성.

박우성   하라는 연습은 안 하고 무슨 호작질이야?

금 여사   재미없거든요. 당신을 보는 순간. 그 정도로 악마로 보이진 않았습니다.

김중아   진짜 악마는 뿔을 숨기는 법입니다. 여기 보세요. 볼록 솟아오른 이것. 제 뿔입니다.

금 여사   (재미없다는 듯) 됐거든요. 다시 연습이나 할까요?

김중아, 다시 기타를 든다.

금 여사   선생님 우리 한잔하고 할까요? 왜 그런 것 있잖아요. 뭔가 일을 시작할 때 술 한잔 고시래하듯이 하잖아요. (핸드백에서 술병을 꺼내며) 이거 한잔하실래요? 제법 맛있는 술입니다. 깨끗합니다. 보드카라고 하죠. 무색의 맛. 아무 향기도 맛도 없는. 독하기만 한 술입니다.

금 여사, 먼저 병째로 술맛을 보곤 인상을 찌푸린다.

금 여사   건방진 놈이네요. 아무것도 없으면서 당당하게 독하죠.

김중아, 금 여사로부터 술병을 전달받는다.

김중아   (입으로 한 잔 마시며) 제가 바로 그런 놈이죠. 그럼, 이 놈처럼 아무것도 없으면서 당당하죠.

금 여사   (무시하며) 이제 연습이나 하시죠?

김중아, 다시 기타를 챙기며 노래할 준비를 한다. 김중아와 금 여사가 다정스럽게 자세를 잡는다.

이때 박우성, 문밖에서 들어오려다가 심상치 않은 분위기에 다시 나간다.

박우성　　이것 뭐꼬? 이것들이 논다 놀아.

금 여사　　어머 분위기 산다. 갑자기 여기가 낭만적으로 변하네.

김중아와 금 여사가 좀 더 자유로운 분위기에서 술이 깊어지자, 중아는 자신의 기타 연주와 노래로 자기도취에 빠지고 금 여사는 혼자 브루스 춤을 추고 있다. 감상에 빠진 제멋대로의 춤사위이다. 노래하는 사이에 벌써 한 병이 다 비워진다.

노래가 끝나면 두 사람 웃음소리 높다. 술기운도 높다.

박우성의 몸부림은 두 사람의 노랫소리만큼 화가 나 있다.

금 여사　　(술에 취해 과장되게) 너무 감사해요. 내 노래는 뭐랄까 퍼석거리는 돼지목살 같은 느낌이었는데 확실히 선생님이 함께 불러 주시니까 쫀득쫀득하면서 착 감기며 넘어가네요. (웃음)

김중아　　무슨 말씀을. 과분합니다. 별거 아닙니다.

금 여사　　(정색하며) 솔직하세요. 난 감정에 솔직한 사람이 좋아요. 괜히 겸손한 척하면서 속으론 잘난 체하는 눈으로 건방을 떠는 놈들. 아이 밥맛 없어.

김중아, 어색한 분위기를 다시 바꾸고자 한다.

김중아   그래 우리 한 곡 더 부를까요?

금 여사   어머 그래요. 무슨 노래 할까요?

김중아가 듀엣에 어울리는 감상적인 노래를 부르자 다시 금 여사 도
취되어 간다.
가사의 내용에 연인들의 사랑 이야기가 들려 오자 박우성은 신경질이
난다.

박우성   어쭈. 이것들 봐라. 노래 공부하라니까 대놓고 호작질이
네.

두 사람의 노래와 제스처가 진짜 연인처럼 다정하다.

박우성   (질투하며) 싸겠다. 싸겠어. 아주 감동이 밀려오네.

노래가 끝나자 여자는 감동에 취해 자기 생각에 빠져 조용하다.
김중아, 역시 자기 감정을 솔직히 드러낸다.

김중아   (진지하게) 여사님을 처음 만났을 때. 처음 저 계단을

내려오시는… 저 심장이 얼마나 콩닥거리는지…

금 여사 (눈치 없이) 왜요?

김중아 스타일이 완전히 죽이는데, 사실 이렇게 미인이 나타날 줄 몰랐습니다.

박우성 아주 수작을 거네 걸어. 야 이 영감쟁이 완전히 숨어 있는 고수네.

김중아 솔직히 말씀드리면 나에게 노래 배우겠다고 오는 여자, 미친년 아니면 다행이라고 생각했습니다.

금 여사 미친년? 미친년! (크게 웃으며) 빙고! 저 진짜 미친년일까요 아닐까요?

김중아 미안합니다.

금 여사 전 미친년은 아니지만 사실 무식한 년은 되죠. 왜냐면 실제 무식하니까. 그죠?

김중아 (화를 내며) 무슨 말씀을 하는 거요? 난 아직 나보다 무식한 사람을 본 적이 없다니까요. (자신을 가리키며) 아주 무식한 놈!

금 여사 만세! 난 미친년.

김중아 난 무식한 놈!

금 여사 우린 참 궁합이 잘 맞는 것 같아요.

김중아 그래요. 영광입니다.

두 사람 감격해서 안으려고 하는데 이때 금 여사, 바퀴벌레를 발견한 듯 피하며 잡으러 간다. 이때 박우성 뛰어 들어오며 고함친다.

박우성 (큰 목소리) 안 떨어져!

박우성의 모습을 지켜본 두 사람 황당해한다.

세 사람, 어색한 침묵.

박우성 (작은 목소리로) 김 선생 이거 아니잖아? 내가 먼저 침 발라 놨는데 이렇게 새치기하면 안 되지.

금 여사 박 실장은 여긴 웬일?

박우성 (어색하게 웃으며) 금 여사님이 공부가 잘 되시나… 그리고 김 선생님이 어떻게 잘 모시고 있는지… 제가 당연히 와 봐야죠. 안 그래요? 김 선생님?

금 여사 박 실장 덕분에 좋은 선생님 소개받아서 아주 좋으니까. 이제 그만 가지 박 실장.

박우성 (놀라며) 에 왜 이러십니까? 여사님. 저도 오늘은 여기에 있어야 합니다. 왜냐? 모처럼 여사님 분위기 필 받으셨는데, 제가 거기에 보조를 맞추어서 뭔가를 해야죠. (춤을 추는 흉내를 내며) 하지 않으면 제가 여사님을 모시는 사람이 아니죠? 안 그래요? 김 선생님?

금 여사 (귀찮은 듯) 오늘 박 실장 오버한다. 박 실장은 이런 분위기에 어울리지 않으니까 그만하고 돌아가지?

박우성 (무릎 꿇으며) 진정한 신하는 주군이 어려운 상황에 판단을 흐릴 때 목이 날아가더라도 충심의 소리를 내야

하는 겁니다. 여사! 이 자리를 저로 하여금 지키게 하옵
소서.

금 여사 영화를 너무 많이 봤네. (김중아에게 머리를 조아리며)
선생님 죄송해요. 술은 우리가 마셨는데 지랄은 제가 하
고 있네요. 죄송해요. 오늘 여기까지 하죠. (핸드백을 챙
기고) 저 가볼게요. 저 다음 연습 시간은… 저 인간 없을
때 우리 이걸로 핸드폰으로 주고받아요. 너무 행복했어
요, 선생님 감사해요. (퇴장)

박우성 따라가며 애원하는 모습, 사라진 금 여사, 화난 고함 소리 크게
들려온다. (암전)

5장   김중아의 그리움

김중아, 금 여사를 그리워하며 노래를 한다. 노랫소리 사이로 금 여사
를 부른다.
이때 밖에서 웃음소리 들려 오며 박우성과 금 여사가 술에 취해 들어
온다.

금 여사 (반가워하며) 선생님 우리 같이 한잔해요.
박우성 그래요. 뮤지크 샘. 여기 아나고 사 왔다니까요.
금 여사 선생님. 신나는 노래 하나 깔아 주세요.

박우성	여사님. 어떤 노래로 깔아 드릴까요?
금 여사	신중현의 미녀!
박우성	미녀 아니고 미인!
금 여사	미녀나 미인이나.
박우성	자 뮤직 큐!

김중아, 연주하고 싶지 않지만 참으며

김중아	네. 좋습니다. 자 들어갑니다.

김중아, 좋지 못한 기분을 노래에 과도하게 실어 오버한다.
금 여사의 노래와 춤이 격렬해지자 우성 분위기 맞춘다고 더욱 추임
새를 넣는다.
세 명은 그렇게 신나게 춤추고 노래하고 논다.
노래 끝나고 술이 떨어졌다.

금 여사	박 실장. 술 좀 사 오지. 맥주, 소주로.
박우성	오만 원만 주세요.
금 여사	돈 없어?
박우성	아까 아나고하고 술은 제가 샀잖아요?

금 여사, 갑자기 정색하며 화를 낸다.

금 여사 아 분위기 조지네. 모처럼 분위기 업 되는데. 하여튼 쪼잔한 것들하고는 놀면 안 돼.

금 여사 갑자기 퇴장. 우성, 당황하여 따라서 나간다.

박우성 (따라가며) 여사님! 또 실수했네요. 잘못했습니다. 다시는 안 그러겠습니다. 여사님!

홀로 남은 김중아. 멍하게 서 있다. (암전)

6장   박우성의 절망

박우성 노래를 웅얼거리며 힘없이 들어온다. 김중아는 외면하듯 기타를 들고 노래를 한다.

박우성 아 절망! 피도 눈물도 없이 살아온 이 캐쉬 박이가 한 여자 때문에 그것도 별것 아닌 여자 때문에 이렇게 절망할 줄이야. 내가 왜 이러지? 미친 건가?

중아의 노래 사이로 우성의 넋두리는 깊어 간다.

박우성 김 선생님 그 노래 좋습니다. 노래 제목이 뭔가요? 제 심정을 바로 이야기하네요. 십팔!

김중아 (노래를 끝내며) 금 여사… 참 매력 있단 말이야.

우성, 김중아에게 다가가며

박우성 샘! 난 금 여사가 세상 무서운 줄 너무 모른다고 생각합니다. 사실 저 아니면 금 여사 진짜 사기꾼 만나서 그나마 가지고 있던 것 벌써 거덜 났습니다. 복이 많아서 이 캐쉬 박이 양심적으로 해 주니까 이자 받으며 사는 거라구요.

김중아 그건 그래. 내가 봐도 사회생활 어렵겠더라고. 도통 남의 기분은 생각하지 않고 아주 일방적인 사람이지. 금 여사는 에고이스트 슈퍼야! 그런데 그게 매력이다, 이 말이야. 까칠해도 뭔가 모를 순수함, 이런 게 보여.

박우성 (동조하며) 제가 그것 때문에 그 여자 머슴 짓 하고 있다니까요?

김중아 돈 때문이 아니고?

박우성 (진정성 있게 목소리를 진중하게) 남들은 이 캐쉬 박이 금 여사 돈을 보고 저런다고 생각하는데. 사실 제가 저보다 나이도 많고 못난 여자를 뭐가 좋다고.

김중아 왜 그만하면 이쁘잖아? 몸매도 젊은 사람 못지않고.

박우성 (가볍게 웃으며) 사실 저 얼굴 몸매 현대과학의 기적이라니까요. 한국 의사들 실력, 저 금 여사 변하는 것 보고 정말 대단하다고 인정합니다. 저 처음 만났을 때, 아이고 끔찍했다고요. 기적을 제가 눈으로 봤다니까요. 아마 수억 들어갔을걸요.

김중아 (크게 놀라며) 야 진짜? 돈만 있으면 젊음도 살 수 있네. 야 돈 없는 놈 서럽다. 그래 금 여사는 잘 들어갔나?

박우성 아까 나가서 금 여사와 한판 크게 싸웠습니다.

우성, 금 여사와 싸운 이야기를 김 선생에게 말한다. 부분무대, 금 여사, 화가 난 듯 도도하게 나타난다.
금 여사 앞에 무릎 꿇고 있는 우성.

김중아 아무 데서나 무릎 꿇는 것 버릇되면… 한번 하면 자주 한다고.

박우성 험한 세상 밑천 없으면 몸뚱어리라도 잘 놀려야 살아남는다고요. 일어나서 여기 먼지만 털면 되는데… 제가 무릎 잘 꿇어서 이 정도 먹고 삽니다.

금 여사 (비웃으며) 진짜 이런 남자 밥맛이라니까. 아무 데서나 무릎 꿇는 놈들.

박우성 여사님! 진짜 내가 왜 싫은 겁니까? 그 이유나 한번 듣고 싶습니다.

금 여사 꼭 이유를 말해야겠어요? 좋아요. 이유 없이 미운 사람이 있어요. 주는 것 없이 싫은 사람.

김중아 금 여사가 눈은 있네. 사실 나도 너 처음 볼 때 재수 없게 보이더라고.

박우성 (김중아에게) 지금 제가 말하는데 끼어들지 마세요.

김중아 오케이. 미안. 계속하게.

다시 우성이 금 여사에게 다가가며

박우성 제가 이유 없이 싫은 새끼다! 이겁니까? 소위 재수 없다! 그런데 왜 저 같은 놈하고 거래를 하죠?

금 여사 박 실장은 이유 없이 미운 사람은 아니에요.

박우성 그럼 뭡니까?

금 여사 꼭 듣고 싶어요? 소심해서 삐칠까 봐 말하기 싫은데.

박우성 안 삐칩니다.

금 여사 지금 인상 쓰잖아요. 무섭게. 정말 안 삐치죠?

박우성 (웃으며) 왜 이러십니까? 정말… 여사님답지 않게. 언제나 당당한 분이. 너 이상 날 모욕하지 마시고 평소대로 편하게 막 말하셔도 됩니다.

금 여사 저번에 나하고 택시 타고 갔을 때 택시비 4,700원 나왔죠?

박우성 언제 말입니까?

금 여사 오 층에 사는 오 사장 돈 받으러 간다고 내 돈 못 갚은 이유를 보여주겠다고 하면서.

박우성 아 예? 그날 택시비도 기억하십니까? 그래서요?

금 여사 굳이 내가 낸다는데 박 실장이 냈죠.

박우성　당연히 제가 모시는데 내가 내야죠.

금 여사　그때 박 실장 거스름돈 300원 받더라고.

박우성　참네. 그건 택시 아자슥들 버릇 나빠지니까.

금 여사　하여튼 나 쪽팔려서 얼굴이 화닥화닥하더라고… 나 그렇게 쪼잔한 거 싫어해요.

김중아　(끼어들며) 등신 쪼잔하게 굴면 여자들 다 싫어해.

박우성　제가 쪼잔했다? 평소에 철두철미 칼 같은 분이 그럴 땐 아주 여유 있으시네요.

금 여사　300원 때문에 사람이 죽고 사는 것은 아니지만… 기분 문제잖아요. 300원 때문에 서로 웃을 수 있는 기회를 놓쳤잖아요. 박 실장은 그런 기분을 몰라요. 그것만 있는 줄 아세요?

박우성　또 있습니까? 오늘 말 나온 김에 다 이야기합시다. 잠깐 오늘 이상하십니다. 저에게 평소와 다르게 말씀을 높이시고, 평소에 머슴 부리듯이 하면서.

금 여사　무섭잖아요. 박 실장 오늘 표정이 무서워요. 평소에는 우스웠는데.

박우성　제가 지금 진지하거든요. 심각하고…

금 여사　그래요. 진짜 내가 싫어하는 아니 경멸하는 사람인데요.

박우성　제 이야기죠?

금 여사　물론입니다. 박 실장은 기본적으로 강자한테 약하고 약자한테 강해요.

박우성　(화내려다가 참으며) 이 정도면 막가자는 거죠?

김중아	사실이네. 피도 눈물도 없는 사채업자니까. 어련하시
	겠어.
박우성	(눈을 흘기며) 선생님 자꾸 말하는데 끼어들면 저 이야
	기 안 합니다. 사나이 절망에 대해 말하는데.

김중아, 손짓으로 동의해 준다.

박우성	제가 우리에게 돈 빌려 간 사람에게 이자 받으려면 그렇
	게 안 하면 됩니까? 다 비즈니스지 왜 제가 강자에게 약
	하고 약자에게 강하다고 합니까?
금 여사	그래요. 박 실장은 돈 좀 있는 사람 만나면 서울말을 쓰
	고 없다고 생각되는 사람 만나면 막 말하고 부산 사투
	리 막 쓰잖아요?.
김중아	기본적으로 아주 사기꾼 기질이 있구만.
박우성	참네. 저는요. 처세고 비즈니스라고 생각하는데. 이게 제
	가 주는 것 없이 미운 이유입니까?
금 여사	내가 더 많은 예를 말할 수 있는데, 박 실장이 오늘 너무
	진지하고 표정이 무서워지니까 그만할래요.
박우성	여사님은 처음부터 부자였습니까? 아니면 자수성가하
	셨습니까?
금 여사	제 과거에 대해 알려고 하면 우리 거래 관계 파토 나는
	것 계약에 있을 텐데… 내가 이래서 비즈니스 관계랑
	사적인 게 얽히면 꼭 이런다니까… 여기서 그만… 일어

나죠.

박우성   전 아무것도 없는 사람이었습니다. 학벌도 재산도. 진짜
마늘 두 쪽만 차고 사회에 나왔습니다.

금 여사   (짜증을 내며) 나 이런 분위기 정말 싫다. 분명히 들으세
요. 옛날에 어쩌고저쩌고, 과거 말하는 거 내가 제일 싫
어한다고요. 박 실장 그만!

박우성   (자기주장을 밀고 나가며) 없는 놈이 이 세상에 한번 살
아남으려면 있는 놈들보다 얼마나 굽히며 살아야 하는
지 모르죠? 없는 놈이 가지려면 있는 놈 밑에서 기어서
살아남는 거 그게 싫으면 예술가보다 더 창조적으로 살
아야 합니다. 어떻게 창조적으로 살아야 하느냐? 창조
는 절대 정상적인 사회에서는 만들어질 수 없다고요. 우
리 같은 놈이 정상적인 사회에서 일어서려면 그건 진짜
죽어도 안 된다고요. 아시겠어요?

금 여사   (무시하며) 개천에서 용 난다고 공부 열심히 해서 고시
공부해서 출세하는 사람도 있고 대기업에 취직하는 사
람도 있는데 뭐 시답잖은 세상 타령이에요?

박우성   그럴 수 있죠. 하지만 그 사람들도 결국 알고 보면 그
위에 사람들에게 원래 정상에 있던 사람들에게 눈치 보
며 사는 거라고요.

금 여사   (단호하게 고함치며) 그만하자구요!

박우성   세상이 혼란스럽고 부정이 판을 칠 때 우리같이 희망 없
는 놈들이 기회가 생기는 겁니다.

김중아, 나름 감동했는지 감탄한다.

김중아 창조란 반사회적 혼란적 상황일 때 나온다? (감탄하며) 야 명언이네. 박 실장 오늘 해머로 내 머리 때리네. 인정!

박우성 지금도 얼마나 많은 사람들이 살아남으려고 거짓인 줄 알면서 그 혼란 속에 불나방처럼 뛰고 있는지 그나마 가지고 있는 쌍구를 굴리면서 살고 있는지 모르죠 당신?

금 여사, 사라진다.

박우성 그러곤 아무 말 없이 가더라고요. 샘! 시바 괜히 오늘 이 놈의 입 나불대다가 스폰서 하나 사라졌네. (아쉬워하며) 나 원래 이런 놈 아닌데 시바 내가 왜 이랬지?

김중아 금 여사, 무진장 화 많이 났겠는데?

박우성 아뇨 그냥 무표정으로 가는데요.

김중아 그럼 걱정 안 해도 돼. 나름 공감한다는 표시니까.

박우성 아니에요. 내가 그 여자랑 나름 비즈니스를 해 왔는데요. 자기 싫은 일이나 말은 절대 못하는 성격이라고요. 나 이제 좆됐다니까요. 이 일 접어야 될지 몰라요.

김중아 아까 창조론 야 진짜 공감이 확 되던데, 절망 속에서 창조는 나온다! 음악도 사실 어둠 속에서 나오지, 밝은 빛이 있는 곳에서는 필! 감성이 만들어지질 않는다고.

김중아, 절망하는 우성을 위해 노래한다. (사이)

7장   금 여사의 비밀

같은 노래지만 두 사람 각각의 감정을 보여주며 부른다. 노래가 끝이
난다.

박우성   제가요. 사실 금 여사에 대해 아는 것이 없어요. 하지만
분명한 것은 이 여자가 왜 가수가 되려고 하는지 알죠.

김중아   (놀라며) 쉿! 이 사람 그러면 안 돼. 사나이라면 비밀은
무덤까지 가져가야 하는 거야. (귀를 막으며) 난 듣지
않겠어.

박우성   (비웃으며) 무덤까지 갈 것 같은 면 사나이로 안 살랍니
다. 피곤합니다. (웃으며) 비밀은 폭로할 때 묘미가 있습
니다. (비꼬는 표정으로) 금 여사가 선생님 좋아한다고
생각하세요?

김중아   (당당하게) 요즘 우리 갈 데까지 가고 있다니까.

박우성   (자신감 있게) 미안하지만 착각입니다. 내가 아는 사실
은 금 여사는 분명 선생님에게 알고 싶은 것이 있어서
의도적으로 접근한 사실뿐. 어떤 다른 감정이 있는 것은

아니라는 겁니다.

김중아 (당황하며) 이 사람이 이제 질투가 음해로 변하는데 그러면 안 돼. 나이 든 사람의 늦게 찾아온 순수한 사랑을 매도하다니, 알고 보니까 자네 아주 나쁜 놈이네.

박우성 (머리를 숙이며) 죄송하지만 이건 사실입니다. 선생님도 저처럼 상처받지 말고 이 시점에서 저 백여시 같은 여자에게 꼬이지 말라고 내가 비밀을 말하는 겁니다.

김중아 (어이없어하며) 이제 아주 대놓고 씹어라. 한동안 당신을 괜찮은 데는 있다고 본 내가 병신이야. 이제 우리도 서로 만나지 말자고. 내 빚은 생기는 데로 갚을 테니까.

우성은 자신의 확신에 대해 말을 하지만 결국 속상한 김중아, 우성을 쫓아낸다.

김중아 (다시 들어오며) 나쁜 놈! 아주 질이 안 좋아.

우성, 눈치 보며 다시 들어온다.

박우성 (문 입구에서 큰 목소리로) 지금 내가 선생님에게 내 여자를 빼앗겼다 생각하고 질투심에 이런다고 생각하시는데.

김중아 (큰 목소리로) 그래!

박우성 물론 조금은 맞습니다. (짜증을 내며) 선생님이 우리 둘

사이에 끼어들어 왔잖아요. (순하게 다가오며) 무엇보다도 전 금 여사의 비밀이 궁금해서 미치겠거든요. 그래서 선생님과 내가 같이 알아보자, 이겁니다. 그러려면 서로가 알고 있는 정보에 대해 공유하자는 뜻에서.

김중아   (무시하며) 사랑은 계산하는 게 아니야 순수한 거야. 어서 꺼져 임마!

박우성   선생님도 결국 내 꼴이 난다고요.

김중아   (멱살을 잡으며) 그건 내 맘이니까 꺼져 새끼야!

이때 금 여사, 들어온다. 놀라 떨어지는 두 사람.

금 여사   (놀리며) 두 사람 재미있게 사시네요? 사랑 싸움 하시나요? 남자들끼리.

김중아   (고자질하듯이) 이 자식이 우리 둘 사이를 이간질하잖아.

박우성   (진중하게 목소리 깔며) 전 사실을, 당신의 진짜 모습을 알고 싶다고.

금 여사   (덤덤하게) 사실이 뭐가 중요해?

박우성   진실은 중요하다고!

금 여사   진실은 중요하지. 하지만 진실이 뭐라고 누가 말할 수 있지? 사실을 누가 알 수 있냐고?

박우성   당신의 과거를 알면 왜 안 되냐고? 내가 금 여사가 좋으니까. 금 여사가 어떤 여자인지 알고 싶다는 게 왜 나쁘

냐고?

금 여사 (무시하며) 그래서 아직도 박 실장은 하수 소리 듣는 거야. (평온하게) 팥떡 알지? 팥으로 떡을 입히면 팥이 진짜일까? 보이는 게 전부냐고? 팥떡이지만 겉에 팥을 걷어내면 하얀 떡이 나오지 그럼 떡이 진실이냐고? 그것도 아니지? 진짜는 뭘까. 떡은 쌀로 만드는 거라고 팥도 떡도 아닌 쌀이 진실이야. 과거는 흐르면 미화되고 거짓의 앙코가 묻었어. 지나간 이야기는 모두가 거짓이라는 거야.

박우성 (말문이 막히며) 그만하자고요. (절망의 표정으로) 난 패배자니까. 잘 꺼지겠습니다.

금 여사 (어이없어하며) 무슨 말이야? 패배자? 그럼 선생님이 승리자? 무슨 싸움 있었나?

박우성 김 샘이요. 금 여사가 자기를 좋아한다고 허풍을 쳤다니까.

금 여사 (무표정으로) 그게 왜? 내가 좋아하면 안 돼? 한 여자가 한 남자를 좋아하는 게 죄야?

김중아 (기뻐서 환희에 찬 표정으로) 봐 임마. 내 말 맞잖아?

박우성 (실망해서 돌아서며) 그래 나간다고. 김 샘. 오늘 내가 한 말 잊지 마소. 지금 내 모습이 비참하지만 당신도 결국 금방 내 꼴이 될 거라는 사실, 잊지 말라고요!

김중아 니 걱정이나 해 임마!

우성, 퇴장한다.

김중아   (어색해하며) 여기 앉으시죠?

금 여사   저 자식이 앉은 자리는 싫어요. (김중아의 옆에 앉는다.
         다음 김중아의 어깨에 기대며) 제가 왜 가수가 되려고
         하는지 아세요?

김중아   그러게 말입니다. 사실 조금 궁금하기도 했구요. (말 없
         는 금 여사의 표정을 의식하며) 전 과거 이야기하는 걸
         엄청 싫어하죠. 아니 과거는 아무것도 기억하고 싶지 않
         았으니까요.

금 여사, 무심히 일어나서 창가로 간다.

김중아   '과거는 아픔만 기억한다.'라고 문주란이 노래로 말합
         니다.

금 여사   (조용하고 진중하게 말문을 열며) 전 내 삶에 아픔밖에
         없었습니다. 선생님! 반주로 비지 좀 넣어 주세요. 선생
         님이 분위기를 쫙 깔아 주시면 오늘 내 맘속에 있던 이
         야기들을 해보고 싶어요.

김중아는 기타를 들고 잔잔한 음악을 다양하게 연주한다.

김중아   (혼잣말로) 어떤 음악이 좋을까 이런 기분일 때는.

금 여사　(갑자기 생각난 듯 일어서며) 이별 때문에 너무나 가슴 아팠던 처절한 노래 없어요?

김중아　(선곡을 하곤) 이게 맘에 드시려나?

김중아의 연주곡은 슬프다. 금 여사는 분위기에 도취된 듯 목소리를 낮게 깔며 말을 한다.

금 여사　선생님. 전 선생님에게 의도적으로 접근했어요. 가수가 될 마음이 없으면서. 속인 것 사실입니다. 하지만 지금 제 이야기를 들으면 조금은 이해해 주실 거라고 생각합니다.

김중아도 금 여사의 분위기에 끌려들어 간 듯 목소리를 낮게 중저음의 가성을 쓰며

김중아　이 나이에 매력적인 여자가 나에게 호감을 가지면 얼마나 착각하는지 모르죠? 사춘기 때 첫사랑보다 더 설레고 뿅 간다니까요. (표정이 달라지며 실망한 모습으로) 그런데 그게 착각이라니. 갑자기 기분이 팍 내려앉네요. 사기 당한 기분입니다.

금 여사　전 고아랑 진배없이 살았습니다. 아니요. 아버지는 있었지만 엄마는 몰라요. 아버진, 엄마 이야기를 해 달라고 하면 절 때리곤 했어요. 그래서 전 한 번도 엄마 이야기

를 아버지에게 묻지 않았어요. 절대로.

김중아   (감정 이입이 되며) 아! 그런 슬픈 과거가 있었다니. 난 하도 금 여사가 당당하고 밝고 해서 그냥 부잣집에서 곱게 자라서 안하무인처럼 행동하고 지 맘대로 한다고 생각했는데.

금 여사   전 평생을 거짓을 안고 살았거든요. 왜? 너무나 아팠으니까요. 진실이 주는 상처 아세요? 진실이 하나하나 드러날 때, 의문이 하나하나 풀어질 때마다 전 갈기갈기 상처가 드러나니까요. (비밀을 말하듯 신중한 목소리로) 엄마가 가수였대요.

김중아   (놀라며) 아이고 웬만한 가수는 다 아는데, 누구였을까. 엄마의 이름이?

금 여사   선생님은 모르실 겁니다. 유명한 가수 아니니까 대표곡도 하나 없는… 금석이였어요.

김중아   금석? (기억하려고 고민하며) 흔한 이름은 아닌데 예명인가요?

금 여사   본명이에요. 원래 이름은 김석이인데 금석이라고 불렸대요. 가수 생활할 때.

김중아   기억이 없네요. 내가 모르는 것 보니까 유명한 가수는 아닌가 봅니다.

금 여사   아버지 성함은 황자 대자 범자입니다. 황대범!

김중아   (기억이 나는 듯 더듬거리며) 황대범? 뭔가 아는 이름인데… 황대범이라… 이거 낯선 이름이 아닌데… 내가 알고 있던 이름 같은데…

금 여사 선생님은 분명 아실 겁니다.

김중아 (놀라며) 내가 분명히 안다고요? 내가 안다고?

금 여사, 김중아의 기억을 돕기 위해 다시 말을 꺼낸다.

금 여사 70년대 후반에 국제시장 입구, 황금다방을 아시잖아요?

김중아 그럼요. 잘 알죠. (기억을 회상하며) 우리들의 청춘이 머물던, 메카였던 곳이죠. (갑자기 기억이 난 듯) 이런 이런 그래 황 사장님! 그래요. 황 사장님 성함이 대범이었지. 덩치는 산만 한 사람이 워낙 쪼잔했는데 이름은 대범이라고 우리가 놀리고 그랬죠. 그럼 금 여사가 황 사장님의 딸?

금 여사 (반가워하며) 제가 김 샘에게 듣고 싶은 말은 바로 황금다방 이야기예요. 그때 그 이야기를 듣고 싶어요.

김중아, 과거 회상으로 빠지며 앞으로 나선다. 금 여사, 김중아의 뒤를 따라 나온다. (암전)

8장   황금다방-1

1979년도 부산 광복동 음악다방 모습. 황금다방이다.

점원이자 가수 지망생인 별칭 영가수 조용남은 문 열기 전에 청소를
하며 아무도 없는 다방을 자신의 무대로 활용한다.

영가수는 청소를 하다가 디제이 박스에서 디제이 멘트를 연습한다.

영가수   (마이크 목소리, 디제이 톤으로) 오늘도 밖은 낙엽이 떨
어지는데 우리 황금뮤직크 다방은 술이 떨어지지 않습
니다. 오늘도 밤새 외로움에 지친 영혼들, 지난밤 황홀
함에 취해 정신 나간 청춘들이 여기 황금뮤직크 다방을
찾아오셨네요. 감사합니다.

자 오늘의 첫 음악은 노래는 영원하다는 것을 울부짖듯
들려주는, 자 오늘 이 노래와 함께합니다. 〈세상은 아름
다워〉 나갑니다.

음악이 나온다. 적당히 음악에 심취한 듯 영가수는 몸을 흔들다가 다
시 음악 볼륨을 내리고 디제이 멘트를 한다.

영가수   아직도 저의 다방을 모르시는 분이 많습니다. 팝송을 신
청하신 분들이 많으신데 우리 황금다방의 룰은, 우리 황
금뮤지크 다방은 팝송이 나오면 주인이신 황 사장에게
맞아 죽습니다.

십주거리해도 니주구리 빰바바해도 오직 순수 창작 국산 노래만 울리는 곳! 우리 황금뮤지크 다방의 한결같은 신념입니다.

다시 음악의 볼륨을 올렸다가 내리고 멘트를 한다.

영가수   클래식을 좋아하면 왠지 고급스럽고 팝송을 좋아하면 고상하게 보인다고 생각하시는 분, 국산 노래는 왠지 싸 보이고 유치하다고 생각하시는 분은 저 밑에 무아음악다방이나 하모니 음악다방으로 빠르게 사라져 주세요. 우리 황 사장 주먹이 무하마드 알리라는 것, 아시는 분은 잘 아십니다. (신념에 찬 목소리로) 오직 국산 노래만 틀고 부르는 황금다방, 아! 그러나 언제 문 닫을 줄 모른다는 우리 황금다방! 손님들께서는 부디 적선을 베푸는 심정으로 속이 망가지더라도 비싼 술로 빈속에 채워주시면 감사하겠습니다.

이때 술 취한 금 마담이 술병을 들고 황금다방 라이브 무대 위로 나타난다.
영가수는 음악을 끊고 상기된 목소리로 금 마담을 소개한다.

영가수   기다리시고 고대하시는 오늘의 스페셜 코너! 황금다방의 프리마돈나! 금 마담의 싱잉이 있겠습니다.

마담, 금석이는 윤심덕의 <사의 찬미> 부른다.

술에 취한 목소리라 박자가 틀린다. 하지만 노래는 한 맺힌 감정을 잘 표현한다.

갑자기 노래를 끊으며 술 주사 같은 넋두리를 횡설수설한다.

금 마담   (마이크에 대고 화를 내며) 남자 잘 만나야 여잔 잘 사는 거야. 알어 이년들아! 나 금석이. 미 8군 나이트클럽 드래곤바에서 노래하던 여자였어. 등신처럼 보이지? 무시하지 말라고! 사랑? 개나 줘라! (갑자기 울먹이며) 내가 남자 하나 잘못 만나 이 썩은 비린내 나는 부산 촌다방에서 노래한다고. 박수 쳐! 이것들아!

영가수, 음악을 끄고 디제이 박스에서 나오며 익숙한 모습이라는 듯 혼잣말로 비방한다.

금 마담, 무대 바닥에 쓰러져 일어나려고 하지만 자꾸 넘어진다.

영가수   또 황 사장하고 한바탕 했는갑다. 오늘도 벌써 문 열기 전부터 째리가지고 맛탱이 갔네. (측은한 마음으로) 그래도 노래 하나는 감정이 팍팍 실리고 애절하다 못해 처절하네. 금 마담 노래 하나는 아깝다.

이때 나타나는 브루스 송 들어온다.

영가수   (존경하는 듯 격하게 반기며) 아이고 브루스 송 선생님!

송 선생   (당연한 듯 여유롭게 들어오며) 먹었냐?

영가수   아이고, 남 걱정할 처지입니까? 선생님 오늘 보니까 또 술만 드시고, 밥 좀 챙겨 드세요.

송 선생   (우울해하며) 술은 들어가는데 밥은 도통 들어가질 않아. (가슴을 부여잡으며) 여기 가슴에 꽉 성곽처럼 어둠의 그림자가 자리 잡은 그날! 부터 날 이렇게 만들었지.

소파에 절망한 모습으로 앉는 브루스 송. 눈치 보다가 기회를 얻었다는 듯 영가수는 부탁을 한다.

영가수   (위로하면서) 선생님 억울하시고 분하셔도 (옆에 앉으며) 그 좋은 실력으로 제 노래 하나 만들어 주세요. 제가 히트 쳐서 은혜에 보답하겠습니다.

송 선생   (눈빛으로 화를 내며) 미친 새끼. 내가 지금 곡이 나올 것 같으면 이렇게 살겠냐? 이미 난 죽었어. 세상이 내 노래를 죽였는데 내가 살아 있다고 할 수 있어? 임마!

영가수, 놀라 물러난다. 브루스 송의 고함소리에 놀란 무대의 금 마담 일어나서 소파로 온다.

금 마담   (밝은 표정으로) 어머 송 선생님! 제 노래는 안 듣고 또

욕만 하고 계세요?

금 마담, 송 선생 옆에 앉는다.

영가수 (놀라서 말리며) 누나. 황 사장님이 보시면 또 무슨 행
패 부릴 줄 모르니까 저리 가. 어서.

금 마담 (뿌리치며) 시끄러 임마. 지놈이 송 선생님하고 있다
고 지랄할 정도면 이제 의처증으로 가야 돼 정신병원.
(팔뚝질로 욕을 하며) 미친 새끼는 몽둥이가 약인데
말이야.

송 선생 (목소리에 가식을 실어) 금 마담!

금 마담 (콧소리로 아부를 담아) 예 선생님.

송 선생 언제 들어도 금 마담의 노래는 탑이야. 보이스 칼라도
죽이고 가슴의 엉킨 감정의 표현은 독창적이면서도 개
성이 남달라. 음 냄새가 좋아.

금 마담 (좋아하며) 선생님 그러니까 절 위한 노래 한 곡 만들어
주세요. 제가 한국에서 말아 먹어 준다니까. (노래를 하
며) '쨍하고 해 뜰 날 돌아온단다.' 이런 수준이 낮은 노
래가 판을 치는데 선생님 실력이면 내가.

영가수 (혼잣말로) 해 뜰 날 얼마나 좋은데 이 노래면 나도 가
수왕 하겠다.

송 선생 (심각한 표정으로) 금 마담은 수준이 있다고 생각해?
너 자신을 잘 아냐고?

금 마담　또 2% 부족하다는 그 이야기 또 하시네. 노래 잘해. 감정 풍부해. 가슴 빵빵해. 그럼 됐지. 얼마를 더 잘해야 해요?

송 선생　고품격이지. 비록 대중이 부르는 노래지만 높은 수준의 노래. 바로 고품격!
슬픔을 슬픔으로 메울 수 있는 노래. 그리움을 그리움으로 승화시키는 노래.

영가수　고품격? 그런 노래를 어떻게 해야 합니까? 그래요, 저에게 가르쳐 주시면 되잖아요.

송 선생　(권위적인 목소리로) 품격 있는 노래는 말이야. 배운다고 되는 게 아니야. 자신 스스로 만들어야 돼. 배호가 왜 최고의 가수인 줄 알아? 그건 가난과 병. 과거가 어두웠지만 자신 스스로가 그 슬픈 과거를 자기 것으로 승화시킨 감정. 바로 내공! 그 모든 것을 노래 속에 담아낸 것이야. 아무리 개 좆같은 노래라도 배호에게 가면 진짜 노래가 되는 것이지.

영가수, 명언을 들었다는 듯 감동하며 송 선생의 말을 기억하기 위해 노력한다.

금 마담　과거를 승화하라고요? 저는요. 아무것도 아름다운 것이 없는데. (울먹이며) 과거를 지우고 싶어요. 아름답지 않은 모든 것은 바로 나의 적이에요.

송 선생의 고상한 척하는 이야기는 다시 이어진다.

송 선생　과거를 기억한다는 것. 그것은 매우 고상한 것이야. 어린 시절 살던 골목, 지루하고 어둡고 언제나 맑지 못했던 그곳, (회상을 더듬으며) 지독한 기름 냄새나던 세탁소, 그다지 맛이 없던 생선 밥집… 뒷산 보리밭길, 어둠이 내리는 밤이 되면 가로등 아래 비치던 불빛, 절망에 몸부림치며 울면서 걸었던 저 뒷골목. 난 추억이 그리울 때… 가슴이 멍하니 답답할 때… 그곳 그 도시의 골목길을 걸으며 잔술집을 찾아서 마셨지. 왜? 어두워 절망으로 몸부림치지만 그 속에서 내가 노래를 찾아내고 만드니까.

금 마담, 감동되는지 소파에서 일어난다.

송 선생　정서!… 그리움, 이런 것들이 가슴에 들어올 때 노래가 된다는 것.

영가수　그러니까 내가 그 가스나한테 차이고 나서부터 이별 노래가 잘 나온다니까?

금 마담　(화를 내며) 너 임마! 다음 타임 노래할 시간이잖아. 준비 안 해? 자식 아직도 고품격하고 거리가 아주 멀어요.

영가수　(달려들며) 그럼 누난 고품격이야? 미 8군에서 노래한

것 맞어? 증거 대봐!

금 마담 (일어나서 손찌검하며) 야 이 새끼, 너 짤리고 싶지 않으면 입 다물어. (송 선생 눈치를 보곤) 죄송해요. 선생님 앞에서 품격 없게. (다시 목소리 부드럽게 하며) 선생님도 그리운 사람이 있었나요?

송 선생 (다시 우수에 젖은 듯 모양을 내며) 물론이지. 그런 사람 하나 정도 가슴에 새겨두고 있어야지. 그게 살아온 흔적이자 상처이면서도 지우고 싶은 아픔이지만. 그리움이 술잔에 전이 될 때… 한잔하면서 이렇게 가슴에 비가 내릴 때, 오 난 미치는 거지. 이럴 때 노래가 되는 거야.

영가수 (끼어들며) 선생님 요즘은 왜 노래를 못 만드세요?

금 마담 (다시 화가 난 모습으로) 아 이 새끼 눈치도 없이.

송 선생 왜 노래를 못 만드냐고? 그래 왜 작곡이 안 되냐면. (일어나며) 허무라고 알어? 바로 그놈 때문에 안 된다고.

영가수 생각에 잠기며) 허무라? 참 어렵네, 좋은 가수 되기.

금 마담 (동조하며) 그래요, 선생님 저도 저놈. 황 사장놈 때문에 이렇게 부산까지 와서 허무해요. 제 자신이 비참하고 억울하고, 운명에 신경질이 나고… 후회하는 자체가 더 짜증나고 신경질이 난다구요. (동정을 구하는 목소리로) 저 어떡해요? 큰 무대에 다시 서고 싶은데. (송 선생의 팔짱을 끼며) 선생님은 알 것 아니에요? 오늘 술값 아니 저 선생님 술값은 절대 안 받을 테니까 좀 가르쳐 주세요.

영가수 (송 선생 옆에 앉으며) 저두요. 네 선생님.

금 마담 넌 좀 사라져 줄래. 어린놈이 아무 데서나 껄떡대고. 좀 더 있다가 와 임마. 고생 좀 더 하고.

영가수 (삐쳐서 일어나며) 나도 세상 알 만큼 안다고. 시바 21년을 사람의 탈을 쓰고 고생했으면 됐지 또 하고 오라고?

송 선생 알고 싶다고? 그래 말해 주지. 대강 살지 말자! 대충 적당히 타협하고 적당히 넘어가고… 이런 것들이 결국 지금 나 자신을 허무하고 비참하게 만들었다고… 술 더 가지고 와!

금 마담 송 군아! 내가 숨겨둔 보드카 병째로 내와!

영가수 (놀라며) 황 사장님 아시면 또 무슨 난리 나시려고.

금 마담 안 가져와? 그럼 내가.

금 마담, 술병을 들고 들어온다. 의기양양하다. 영가수, 황 사장이 올까 눈치를 본다.

금 마담 (술병을 호기롭게 따서 따르며) 나 이제 대강 안 살아, 알어? 그 새끼 또 때리면 이제 그 자식 자지를 물어뜯을 거야. 송 군아! 거기 버번위스키 숨겨둔 것도 가져와. 오늘 송 선생님이랑 먹고 죽을 거야. (송 선생에게 아부하는 목소리로) 선생님 오늘 우리 그리움과 고품격과 허무를 사랑하고, 대강 사는 삶에 대한 증오를 위해 건배!

영가수, 건배사를 따라서 하자 금 마담 영가수의 입을 때린다. 영가수
비참하게 넘어진다.

송 선생   (영가수를 위로하듯) 너 조용남이 노래 한 곡 해라.

영가수, 이내 일어나 노래한다.

송 선생   실력은 있으나 무슨 사연으로 노래를 못 하게 된 가수
들이 하나 둘 모여든 곳이 여기야. 바로 광복동 황금다
방. (열정을 다해 노래하는 영가수을 보며) 그런데 어디
저런 쌈마이가 황금에서 노래하지?

영가수   (자기 노래에 도취되어) 선생님. 저 오늘 노래 필이 팍
옵니다. 직이죠?

영가수의 노래는 듣지 않고 금 마담과 송 선생은 자기들만의 대화를
이어간다.

송 선생   황금다방은 금지곡에 대마초 사건으로 무대를 잃어버
린, 좌절한 가수들의 메카였는데… 많이 찌그러졌네.

영가수   제가 있어서 황금다방 아직 살아 있죠?

영가수, 아직도 자기 욕하는 줄 모르고 노래에 취해 착각하며 노래를
이어간다.

송 선생 (거짓 박수를 치며) 그래 잘한다. 황금다방은 말만 다방
이지. 좌절한 카바레 연주자들… 작곡가, 가수… 아 딴
따라들이여! 피가 끓는 청춘들의 배설구 같은 곳이었지.

금 마담, 송 선생께 건배를 청한다. 영가수, 자신의 노래에 찬사를 보
내는 줄 착각한다.

영가수 우리 브루스 송 선생님을 위해 제가 노래 하나 더 띄웁
니다. 송 바이 배호, 노래 이즈.

영가수, 배호의 노래 <안개 낀 장충단 공원>을 부른다.

송 선생 (회상에 젖어 일어나며) 이 노래는 내 노래야.
금 마담 (놀라서 따라서 일어나며) 선생님 노래라고요? 그럼 작
곡가?
송 선생 아니. 내가 호 형님 제작자 할 때 노래였지.
금 마담 배호는 당대 최고의 가수잖아요. 그런 분을 브루스 송
선생님이 모셨다고요?
송 선생 (과도하게 흥분된 목소리로) 부산이 낳은 전설. 배신웅!
아! 그러나.

금 마담   어머나 그럼 배호의 본명이… 배신웅이었구나. 본명도 아시는 것 보니까 맞긴 맞네.

송 선생   부산 감천마을의 판잣집. 학교 가는 길 송도 뒷산 보리밭에서 노래하던 나의 호 형님. 그는 이미 부산 시절 때부터 전설이었지.

갑자기 의문이 생긴 영가수.

영가수   송샘! 샘은 브루스 송인데 배호 노래는 트로트 아닙니까?

송 선생, 한심한 듯 영가수를 쳐다보며

송 선생   넌 그래서 아직 멀었어. 배호는 모든 장르의 노래를 할 수 있지. 왜? 전설이니까. 트로트로 성공한 것처럼 보이지만 그의 창법은 아무도 흉내 낼 수 없는 그만의 독창적인 노래를 만들어 내는 분이지. 이게 브루스야. 애수, 절망, 통곡, 황홀 이 모든 감정을 소화해낸 바로 천재였다고.

영가수   샘 진짜 그분과 친했습니까?

송 선생   (말문이 막힌 듯 한참을 쳐다보다가) …너 가라!

영가수, 무안해하며 물러선다. 금 마담, 영가수를 책망하는 손짓을 한다.

금 마담　배호 선생님의 노래는 전부 다가 히트곡이라면서요?

송 선생　난 그분과 같은 마을에 살면서 살아생전 그분과 함께 활동했고, (회상을 하며) 같이 서울로 갔지.

금 마담　어머나. 부산사람 노래 잘하는 사람 진짜 많네. 나훈아, 배호.

영가수　문주란도 있어요.

송 선생　이분들의 공통점이 뭔 줄 알아? 당대 최고 가수면서 개성 있는 보컬과 창법을 장착한 독창적인 예술가라는 거지. 자신의 노래를 하면서 자신만의 맛을 내는 진짜 예술가!

금 마담　(감탄하며) 어머나. 부산에 진짜 유명한 가수가 많았네요.

송 선생　당연하지. 그 양반도 부산 출신이야. 경남고등학교. 머리 좋았지. 〈물 좀 주소〉 포크계의 선구자 한대수를 알려나?

영가수　(끼어들며) 알죠. (노래를 부르며) 물 좀 주소…

금 마담　(영가수를 때리며) 너 그만해라! 아 자식이 분위기 파악이 안 되네. 너 그래 살래?

송 선생　자네들 금지곡이 뭔 줄 알어? (갑자기 비통해하며) 배호 형님이 죽은 후, 난 다시 부산으로 돌아왔지.

영가수　금지곡? 금지곡이 뭡니까?

이때 총소리 네 방 들린다. 송 선생, 심각하게 얼굴이 일그러진다.

송 선생　그러니까 그날 1974년 8월 15일, 똑똑히 기억하지. 육영 수 여사가 문세광에게 피살당하던 날이었다.

송 선생, 금지곡 노래한다. 영가수가 따라 한다.

송 선생　(술을 한잔 마시며) 물고문을 연상한다고 한대수의 〈물 좀 주소〉는 안 돼! 반말했다는 이유로 송창식의 〈왜 불 러!〉도 안 돼! 〈그 건너〉 이장희 알지? 코털을 달고 있던 가수? 이건 왜 금지곡 된 줄 알어? 이것도 반말했다는 이유일까?

영가수　설마? 농담이죠? 진짜로 그렇게 해서 금지곡이 됐다고 요?

금 마담　뭘까?

송 선생　이유는… 모든 것을 남탓한다고. 우하하! (갑자기 큰 웃 음 호탕하게 웃는다)

영과 금은 송 선생의 모습을 보고 동조하지 않고 그냥 쳐다본다.

송 선생　그래 짬뽕! 그땐 그렇게 웃기지도 않는 짬뽕 같은 나라 였다니까. 이 노래 알어? 〈키다리 미스타 김〉 이금희라 는 가수가 불렀는데.

금 마담 이 노래 아닙니까? (노래를 불러 본다) 이 노래가 어때서요?

송 선생 키 작은 박 대통령의 심기를 불편하게 할 수 있다고 말이야. (다시 웃는다) …또 〈작은 배〉 고은의 시가 작사인데 작은 대통령은 오래 못 간다는 불순한 내용이란 이유로 금지곡이 됐지.

영가수 시바 진짜 수준 있네, 우리나라.

금 마담 이러니 나 같은 실력자도 못 살아남았겠지.

송 선생, 두 사람의 말을 무시하고 갑자기 신파조의 우울감을 조장한다.

송 선생 이 무슨 운명의 장난이란 말인가? 아 왜 하필이면 나에게 이런…

두 사람, 궁금해서 송 선생에게 다가간다.

송 선생 배호의 〈0시의 이별〉이란 노래는 완전히 히트곡으로 떠우는 노래였는데. (울음을 섞으며) 발표하고 바로 금지곡이 되었지. 이게 내가 마지막으로 말아 먹은 음반이지.

영가수 또 그건 무슨 이유입니까?

금 마담 이별이라고 슬픔을 조장했다고 그런가?

송 선생 통금이 있던 시절에 0시에 이별하면 통행금지 위반이라는 것이 이유야. 아! 술!

금 마담, 급하게 술을 따라 준다.

금 마담   (화를 내며 큰 목소리로) 시바. 이런 나라에서 어떻게 살아? 우리 송 선생님 정말 순둥이시다. 나 같으면 못 참지.

영가수   (긴장해서 문 쪽으로 쳐다보며 작은 목소리로) 누나. 쉿! 입조심! 골로 간다니까.

금 마담   너만 안 찌르면 돼 임마.

송 선생, 술을 병째로 마신다. (암전)

9장   황금다방-2

영가수, 문을 열고 출근하는데, 인기척을 느끼고 놀라 물러난다.
다방 구석 자리에 금 마담, 어둠 속에 한잔하고 있는 모습 보인다.

영가수   (밀대를 찾아 들고는 긴장한 모습으로) 거기 누구입니까? 황 사장님입니까?… 아니면 귀신이가?

금 마담, 어둠 속에서 여전히 술잔만 기울인다. 다시 침묵이다.

영가수   내 불 킵니다. 귀신이면 얼른 사라지고 도둑이면 지금 내가 가만히 있을 때 토끼소이.

조명 들어온다.

금 마담   (차분한 목소리로) 임마. 빨리 꺼!

영가수   (안심하며) 아이고 금 마담 누나입니까? 그라면 그렇다고, 나라고 퍼뜩 말하지. 와? 오전부터 가게에 다 나왔는데요?

금 마담   빨리 불이나 끄라니까 자슥이!

영가수   와 자꾸 불 끄라 해쌌노? 와 무슨 일 있습니까?

영가수, 금 마담에 다가가서 본다. 금 마담, 얼굴에 멍과 헝클어진 머리카락이다.

영가수   이기 뭐고? (화를 내며) 황 사장이 또 지랄 푸닥거리했는가 배. 이리 이쁜 누나를 와 못 잡아묵어서 난리고? 진짜?

금 마담   마 시끄럽다. 불 끄고 오늘 영업 안 한다. 니도 집에 가라.

영가수, 금 마담의 처절한 몰골이 확인되자 더욱더 화가 나 흥분한다.

영가수 황 사장 이 자슥이 인간이가 사람이가? 어디 팰 때가 있다고 사흘들이 지랄이고? 덩치도 산만 한 사람이. (금 마담에게 다가가며) 둘이 마 헤어지라. 아이다 누님 토끼 뿌소. 서울로. 내 같으면 저런 인간하고 하루도 못 산다.

금 마담 (차분한 목소리로 애원조로) 너 조용히 안 해? 좀 조용히 있고 싶다고. 제발 가라!

영가수 내 그리 의리 없는 놈 아이다. 경찰에 마 신고할까? 술만 처먹으면 마 개새끼 되는 놈 하나 있다고.

금 마담 너 방금 의리라고 했어? (화를 내며) 너도 똑같은 놈이야. 남자 새끼들은 다 똑같았다고.

영가수 (실망해서 섭섭해하며) 누나? 와 진짜 내하고 황 사장하고 비교하면 내 섭섭합니다. 똑같았다고요? 마 내가 수시로 개 되는 사람이랑 평소 이리 지적이고 고품격으로 사는 날로 비교하면 진짜 억울하고 기가 찹니다. 광복동 개차반 황 사장하고 남포동의 영가수 이 조용남하고 어찌 똑같습니까? 예 누님?

금 마담 미안. 그래, 너무 억울해하지 마. 남자 새끼들은 다 똑같다고 하는 소리니까. (갑자기 애원조로) 선생님 불러라. 송 선생님. 우리의 부르스 송 선생님!

영가수 (실망하며) 지금 송샘을 어찌 부릅니까. 집에 전화도 없는데.

금 마담 어디 사시는데? 너 몰라?

영가수 송도 천마산 이태리 마을에 산다는 것밖에, 아무도 송샘 사는 데를 가본 사람이 없다 카데요. (시계를 보며) 송샘이 오늘은 올라나? 보고 싶으면 올 때까지 기다리소. (재촉하며) 어서 어디 가서 얼굴 화장으로 떡을 칠해 보던가. 우찌 해보소. 오늘 장사 안 할 거요? 어서 장사하구로 마 인자 일어나소.

금 마담, 슬픈 노래를 흥얼댄다. 노래 끝에 서러움이 복받쳐 울음을 토해낸다.

영가수 아따 마 그만하소. (위로하며) 송샘이 갈 때가 어디 있습니까. 어디 막걸리 한잔 빨다가 실 우리 다방 영업 시작할 때쯤에 오겠지요. (갑자기 생각난 듯) 그 소문 들었는가 모르겠네.

금 마담 뭔 소문?

영가수 시계방 오 씨 아저씨하고 신창국밥집 사장하고 그러는데. (주위를 둘러보며 작은 목소리로) 송샘이 진짜 맞나? 혹… 간첩 아니가, 이라던 소리 제가 들었습니다.

금 마담 (화를 내며) 입 닥치라. 개새끼들. 온 데 간첩 잡으면 집 한 채 생긴다고 사람이 좋으면 무조건 간첩으로 모네. 딱 보면 모르나? 자기 앞가림도 못하는 사람이 그 무서운 짓을 어떻게 하냐? 송샘은 천상 예술가야. 국제시장

떨거지 장사꾼들은 그분을 이해 못해. 여기 황 사장놈하고 차원이 다른 사람이야.

영가수 그래도 어디 간첩이 내 간첩이요 하고 이마빼기 써놓고 다닙니까?

이때 송 선생 들어온다.

송 선생 여기 봐라! 이마에 써 놨네. 그런데 간첩, 무장공비 이렇게 안 써놓고. 여기 봐라 단디. 보이제? 백수, 양아치. 거지새끼!

영가수 (놀라 무안해하며) 아이고 마 송샘 우짠 일로 이 시간에다 오시고? 아침은 했습니까?

금 마담 (진심으로 반가워하며) 어서 오세요. 우리 송 선생님. 좀 일찍 오시지 않고.

송 선생 왜 이래? 날 오매불망 기다린 사람처럼 호들갑을 다 떨고.

영가수 (끼어들며) 금 마담 누나가 오늘 송샘을 아침부터 찾아쌌네요. 와 그라는지 모르지만서도.

송 선생 오늘따라 술 한잔 주는 데가 없다. 그래서 여 오면 안 주겠나 싶어 왔는데. 잘됐네. 그렇게 내가 반가우면 금 마담. 시바스 리갈 숨겨둔 것 있으면 한잔 줘.

금 마담 선생님 매일 그렇게 밥도 안 드시고 빈속에 술만 마시면 어쩌실라고.

송 선생   뭐 좋은 세상이라고 아등바등 살겠나? 아침에 일어나면 오늘은 뭐 하고 시간 때우나 고민하는 것도 지겹고. 아무리 생각해도 할 일이 없는데. (천장으로 손짓하며) 빨리 저 위에서 오라고 하면 가고 싶다.

영가수   가족도 생각해야지 어른이 돼가지고 자식들은 우짤라고 그랍니까?

송 선생   (심각한 표정으로) 간첩이 가족이 있나? 내 없다. 이런 남편. 이런 아버지가 있으면 그 가족 벌써 굶어 죽었다.

금 마담   (술병을 찾아서) 선생님 이거 한잔하세요. 영아! 선생님이 술 갔다 드리라.

영가수, 가져온다. 한번에 병째로 마신 송 선생.

송 선생   (아쉬운 듯 입맛을 다시며) 모자르네. 좀 더 없나? 소주 없나?

금 마담   (급하게) 너 가서 소주 사 와. 아니 깡통시장 가서 요거 시바스 리갈 사 가져와.

영가수   (머뭇거리며) 황 사장님 알면 또 난리 칠 낀데. 안 팔고 다 처먹었다고 (금 마담의 눈짓에 놀라 물러서며) 알았습니다. 내 책임 아니다이.

영가수, 나가고 금 마담, 송 선생 옆으로 가서 앉는다.

송 선생   왜 어디 아프니 금 마담?

금 마담   가까이 오지 마세요.

송 선생   니가 왔다.

금 마담, 얼굴을 드러내고 송 선생에게 보여 준다. 가까이에서 본 금 마담의 얼굴은 더 심각하다.

송 선생   멍 색깔 보니까 정통으로 억수로 세게 때렸네. 황 사장 주먹이 알리만 한데. (감탄하며) 금 마담도 어지간하네. 살아 있는 것 보니까. 맷집이 보통이 아니네. 조 프레이 저만큼 되는갑다. 좀 잘 피하지?

금 마담   저두 이제 이골이 나서 피하지도 않아요.

송 선생   (환호성을 지르며) 부라보. 인자 노래 나오겠네. 금 마담! 사람은 아픔을 겪어야 노래에 가슴이, 소울이 실린다고 했제? 인제 다 됐다. 조금만 더 맞자. 조금만 더 주어터지면 좋은 가수 되겠다. (박수를 친다)

금 마담   좋은 가수 되려다가 먼저 죽겠네요.

송 선생   이리 와서 손 한번 줘봐라.

금 마담   왜요?

송 선생   팔자 한번 보자.

금 마담, 손을 내밀자 심각하게 보는 송 선생.

송 선생 생년월일 시가 어떻게 돼?

금 마담 어머 진짜 송 선생님 이런 것도 볼 줄 아세요?

송 선생 강태공이 왜 바다에서 낚싯줄과 씨름하며 술만 마신 줄 아나? 나도 세상을 잠시 피해서 이곳으로 왔어. (목소리를 차분하게) 이런 것조차도 못 보면서 내가 이렇게 사는 줄 아셨나? 다 사람은 때와 시를 읽을 줄 알아야 세상과 싸울 수 있는 거야. 하 시절이 무서울 땐 말조심하고 조용히 은둔해서 이렇게 살다가. 때가 되면 그때 허물을 벗고 나서는 거야. 환골탈태!

금 마담 환골탈태? 어머 멋있다. 멋있는 말도 많이 아시고. 환골탈태? 무슨 뜻이에요. 선생님.

송 선생 (한심하다는 표정으로) 몰라도 사는 데 아무런 지장이 없어.

금 마담 저 무식하니까 좀 가르쳐 주세요.

송 선생 (마지못해) 번데기 고치로 있을 때 저 이쁜 나비가 될 줄 누가 알겠냐고? 그러니까 금 마담도 어서 말해 봐. 생년월일 생시. 내가 언제가 때인 줄 알아봐 줄 테니까.

금 마담 (감동하며) 고마워요, 송 선생님. 산전수전 다 겪은 내가 사람을 볼 줄은 안다니까. 정말 부산 와서 송 선생님 처음 만났을 때 뭔가 다른 그 무엇이 있는 사람이다. 선생님 머리 뒤로 아우라가 보였다니까요. 진짜. 국제시장 골목길 인간들이 모두 다 송쌤을 백수라고 무시할 때 전 분명 선생님을 존중했다는 사실 잊으시면 안 돼요?

송 선생	나도 금 마담을 주정뱅이라고 함부로 보질 않았어. 내가 다시 배호 같은 대형가수를 발견만 한다면. (격정적으로) 내 모든 것을 걸고 키워 줄 수 있는 단 한 명을 찾고 있었는데. 자, 자!
금 마담	1951년 10월 18일이에요. 선생님.
송 선생	생시는?
금 마담	(당황해하며) 그건 좀 애매한데. (기억을 더듬으며) 엄마가 한번 이야기 해줬는데. 개밥 주는 시간.
송 선생	(황당해하며) 개밥을 언제 줘?
금 마담	저도 개밥 주는 시간이라는 것밖에 몰라요.
송 선생	개밥 주는 시간? 개밥은 아침에 줬나?
금 마담	몰라요.
송 선생	(비꼬며) 부잣집에서 태어났네.
금 마담	어머 그걸 어떻게 아세요?
송 선생	전쟁통에 사람도 먹을 것이 없는데 개까지 밥을 줬으면 부자지.
금 마담	(자랑스럽게) 저 그때 미군이 주는 소대가리표 분유 먹고 자랐다고 엄마가 얘기했어요. 우리 집이 용산 삼각지 미 8군에서 나오는 PX 물건 파는 장사했다고 하더라고요. 그래서 난 태어날 때부터 미제 소표 분유 먹고 살았고 아버진 양주 마시며 사셨다고 하더라고요. 그래서 내 몸매가 미국 여자처럼 가슴도 크고, 다리가 잘 빠졌잖아요.

금 마담, 모델처럼 몸매를 보여주며 걸어본다.

송 선생 개밥 주는 시간 말고 다른 말은 없었어. 시를 모르면 다 엉터리가 되는데.

금 마담 아 맞어. 아버지는 보리쌀 씻는 시간이라고 했던 것 같아요.

송 선생 새벽일까 아침일까. 개밥을 주고 보리쌀을 씻었다? 인시일까 묘시인가? 내하고 궁합 아니 한 팀으로 조 맞아 볼려면 정확해야 되는데.

금 마담 두 분 다 돌아가시고 누구한테 물어보지?

송 선생 (손금을 보며) 초년에 복이 있어 굶지는 않는데 (손가락을 접으며 날짜를 계산하다가) 그러나 대략 잎사귀 날 무렵부터 야생의 비바람이라.

금 마담 잎사귀 날 무렵?

송 선생 초경 지나서 생리가 본격적으로 시작되는 날.

금 마담 아, 예. 그때부터 비바람을 맞는다고요?

송 선생 (안타까워하며) 그럼, 아직도 야생의 비바람은 여전히… 쯧쯧.

금 마담 (심각하게) 비바람은 언제 그치나요?

송 선생 (전문 사주 보는 사람처럼) 그래 한번 제대로 봐 볼까… 허허. 참 길게 가네.

금 마담 (조급해하며) 아이씨. 언제까지요? 할망구 될 때까지?…

그럼 나 죽을 거야.

송 선생   니 운이 그런 걸 누굴 원망하리오.

금 마담   (갑자기 남편의 얼굴이 떠오르는 듯) 나 못 살아. 비바람이 바로 저 인간이구만 황 사장.

송 선생   (눈을 감고) 비바람은 못 그쳐도 피할 수는 없는 걸까?

금 마담   선생님 자세히 좀 봐주세요.

송 선생   술기운이 약하니까. 좀 안 보이네.

금 마담   (새로운 술병을 가져오며) 드시고 빨리 말씀 좀 해 주세요.

송 선생   (조금 당황하며) 황 사장 알면 또 난리 칠 텐데. 안 무서워?

금 마담   (단호하게) 그 새끼가 뭐가 문제예요. 지금 내가 당장 죽니 사니 하는 판인데. 어서요!

송 선생   (한잔 마시고) 그래도 황 사장이 노래 하나는 끝내준다고. 성격이 좀 쪼잔해서 그렇지.

금 마담   (흥분하며) 노래가 끝내준다고요? 노래 잘하면 뭐 해요? 성질내면 개새끼가 되는데. 의처증 환자 같으니라고. 언제쯤이면 내 팔자가 제대로 펴지는지 한잔 쭉 하시고 빨리 말씀해 주세요.

송 선생, 알코올 중독자로서 만족한 표정으로 맛있게 한 잔 마신다. 이때 비바람 소리 들려온다.

송 선생 …비바람 칠 때 우비 입은 님을 만나는데 그게 귀인이
네. 귀인이야.

금 마담 우비 입은 남자? 그 사람이 누구예요?

송 선생 난 모르지.

금 마담 (만족해하며) 선생님 내가 오빠라고 부르면 안 돼요?
선생님만 만나면 친오빠 같아서요. (송 선생의 가슴에
얼굴을 묻는다)

이때, 영가수, 들어오며 놀라 소리친다.

영가수 누나! 송샘! 어서 떨어져요! 황 사장이 오고 있다고요.
어서요.

송 선생, 어쩔 줄 몰라 소파 뒤 디제이 박스 안으로 쫓아다니며 숨을
곳을 찾아 헤맨다.

금 마담 (당당하며 의연하다) 지놈이 오든 말든. 송 선생님 왜
숨고 그러세요? 이리 나오세요!

(암전)

<노래>

황 사장의 노랫소리, 시원시원하다.

10장   황금다방-3

조명 들어오면 오늘도 손님은 없다. 영가수, 소파에 앉아 멍때리고
있다.

이때 송 선생. 우비를 입고 나타난다.

영가수 (의아해하며) 송샘 비도 안 오는데 우비는 왜 입고 뭐
하신다고?

송 선생 내 가슴에 내리는 비 때문이다. (눈치를 보며 주위를 둘
러본다)

영가수 황 사장님 아직 없으니까 여기 앉으세요.

송 선생 금 마담은? (속이 보인 것 같아서 부정하며) 아니 됐고.
이 자식아! 내가 임마. 술 찾는다.

영가수 안 돼요. 황 사장님이 송샘에게 외상술 주지 말라고 했
다고요.

송 선생 황 사장이 황금다방에 출연하는 가수들이 누구 때문에
몰려왔는지 잘 알면서 그러면 안 되지. 내가 좌절해가지
고 방황하는 가수들을 부산으로 여기 황금다방에다 다
소개했는데 쪼잔하긴.

영가수 (비밀 얘기를 말하듯) 사실은요. 남는 것 없어요. 황 사

장님이 버는 족족 가수들 뒷돈 만들어서 돌아가는 여비를 준다니까요.

송 선생 (놀라며) 그래? 왜 좌절한 청춘들이 부산으로 몰려왔는지 넌 모르지?

영가수 부산이 뭐 대단한 게 있었나? 모르겠는데요.

송 선생 당시 서울에서 가장 먼 곳이 어디겠어? 바로 부산이지.

영가수 아입니다. 제주도가 더 멀잖아요.

송 선생 (한심하다는 표정으로) 제주도가 왜 머냐? 서울에서 비행기 타고 가면 금방인데. (회상하며 감상에 젖어) 서울역 밤 10시 40분에 출발하는 특급 통일호를 타면 다음날 새벽 5시에 부산역에 도착하지. 좌절한 청춘들에게 이 야간열차는 시베리아 유배를 가는 반스탈린분자들처럼 가슴들이 허했단 말이야. 그래서 밤새 달리는 기차에선 술판이 벌어졌는데, 대전쯤 오면 취하고 지치고 힘도 다 떨어지고… 밤새 떠들던 개똥철학도 그 시간이면 내가 무슨 말 하는지도 모르게 될 때쯤, 야간열차는 밤안개 속을 뚫고 대전역 플랫폼으로 다가온다. 뿡뿡! 기차가 도착하면, 그때 구세주가 나타나지. 오 할렐루야! 엘루야!

영가수 구세주라고요? 와 누가 옵니까?

송 선생 (행복한 웃음을 지으며) 대전역 가락우동. (침을 넘기며) 야 생각만 해도 해장 되네.

영가수 (비하하며) 아 그 우동! 문디 불어터지가지고 다꾸앙 쫑

160

좋 써리 내놓는 것. 맛도 더럽게 없었다 아닙니까?

송 선생   (한심하게 바라보며) 하수들은 맛을 맛으로만 봐요. 당연히 그냥 먹으라면 맛없지. 감성, 여기 가슴으로 맛을 봐야지. 하지만 그날 밤 그 기차에서 그 시간에 먹는 그 맛은 잊지 못하지. 왜? 분노와 좌절. 두서없는 야부리, 개똥철학에… 빈속에 퍼부은 두꺼비 소주. 속절없는 취함. 그다음에 먹어야 대전역 가락우동의 맛을 알게 되지. (감상에 젖으며) 그래서 조용필도 피맺힌 복귀 앨범에서 이 노래를 꼭 부르고 말았지.

영가수   (눈치 빠르게) 아 이 노래 아입니까! 대전블루스!

대전블루스, 두 사람이 함께 부른다. 영가수, 갑자기 나이트클럽에서의 모습이 생각난 듯.

영가수   고고장 가면 블루스 타임. 여자 꼬실라고 할 때. '밴드 아저씨. 마 인자 고고, 디스코 고만하고 분위기 한번 만들어 보소'. 이라면서 여자 옆구리 확 채가지고. 마 팍 안기면 음률 따라 (엉덩이를 쑥 내밀며) 여다가 싹 비비 가면서. 목소리 팍 깔고. '오늘 밤 외로우시면 우리 함께 할까요' 이라면서 히라카시 들어가고. (신나 하다가) 송샘. 제비 같은 놈들은 여기다 (성기 부분을 가리키며) 호다이 감는 놈도 있었다니까… 더러운 새끼.

송 선생, 한심스럽게 영가수를 쳐다본다.

송 선생   브루스가 한국에선 타락 많이 했네. 내가 왜 브루스 송
         이라고 불리는 줄 알아?

영가수   와예?

송 선생   브루스는 분노, 처절, 함성이 끝나고 난 이후 광장에 날
         리는 바람과 같은 음악이야. 그래서 필이 없으면 절대
         만들 수도 부를 수도 없는 노래야. 바로 나처럼.

영가수. 다시 대전블루스를 불러본다.

영가수   (감동적으로 놀라며) 와 샘! 말씀 듣고 이 노래 부르니
         까. (감상에 빠진 모습으로) 느낌이 확 오네요. 노래 맛
         이 완전히 달라지네. (정색하며) 그런데 부산이 뭐 특별
         한 게 있긴 있나? 왜 다들 뭔가 절망했다 하면은 부산으
         로 올까요?

송 선생   바다지!

영가수   바다라고요? 다른 바다도 많은데?

송 선생   부산 바다!

이때 파도 소리 들려온다.

송 선생   넘실대는 파도. 파도의 모습이 악보처럼 출렁이고 소리

는 음악이 되는데… 우리 같은 음악 하는 예술가에게는 파도는 곧바로 음악이 되는 거지. 쏴쏴! 태종대. 파도가 바윗돌에 와서 팍 깨지면서 하얗게 부서지는데 속이 다 시원하지. 밤새 떠들면서도 다 쏟아내지 못한 울분이 여기서 그냥 깨지는데 속이 시원해지면서 제일 먼저 무슨 생각이 날까?

영가수   (같이 동화되어) 속이 시원해지면서 기분 째진다 아닙니까? 술 한잔 생각이 확 오네.

영가수의 웃음소리에 반대로 송 선생은 우울한 목소리가 된다.

송 선생   무서워서, 더러워서, 비겁해서 참았던 모든 것들을 한꺼번에 쏟아내고 나면, 시원하면서 나중에 눈에서 눈물이 난다. 난 그랬다고. 난 분명 그랬다고.

울음 같은 송 선생의 노래. 감정에 도취되어 박자도 어긋난다.
이때 노래 중에 금 마담 나타난다.

금 마담   부라보! 브루스 송 선생님이 이렇게 노래 잘하시는 줄 처음 알았네요. 어머 노래 듣고 오줌 쌌다는 언니 봤는데. 오늘 내가 쌌네. 오늘 같은 날은 가만히 있으면 죽은 생명이야. 송샘! 우리 한잔하러 나가자고요.

금 마담, 송 선생의 손을 잡고 끌고 나가려고 한다. 이때 영가수, 말리며

영가수   (놀라며) 누나. 좀 있으면 영업해야 되는데 어디 갑니까?

금 마담   (비꼬며) 자기 집에서 술 마시면 기분이 나니? 이 등신아.

두 사람 나간다.

영가수   (섭섭해하며) 저거끼리만 가고. 황 사장 오면 다 일라 줄 기다.

영가수, 바로 직전에 불렸던 브루스 송 선생의 노래를 부른다. (암전)

11장   송 브루스와 금 마담

비 오는 태종대 바닷가. 우산을 쓴 금 마담과 우비를 입은 브루스 송.

금 마담   송 선생님. 비 오는 날이라 태종대에 우리밖에 없네요?

송 선생   이런 분위기를 뭐라고 하는지 알아?

금 마담   미친년 놈들!

송 선생   정답! (감상에 젖은 목소리로) 저기 봐 부서지는 파도.

저걸 황이라고 하고 쏟아지는 눈물 같은 비. 홀이라고 하지. 황—홀!

금 마담   (감탄하며) 어머 너무 멋있다. 시인이신가 봐?

송 선생   음악은 문학도 아니고 철학도 아니고 정치도 아니고 경제도 아니야.

금 마담   그럼, 뭔가요? 송 선생님!

송 선생   바로 그 모든 것이지.

금 마담   (또 감탄하며) 선생님 우리 노래해요.

금 마담. 4월과 5월의 <바다의 연인> 노래를 부른다.

송 선생   이 노래는 어떻게 해서 만들었느냐? 바로 4월과 5월의 한 멤버가 비 오는 날 바다에 간 거야. 죽으려고 간 거지. 우울한 청춘들이 바다를 갈 때는 두 가지 경우야. 남자들이 떼거리로 바다에 가면 회에다가 술 처먹으러 가는 거고. 혼자 가면 대부분 죽으려고 가는 거지. (일어나서 물수제비 던지는 마임을 하곤 우울한 감성적 목소리로) 그때 이 시대의 우울을 감당 못한 한 사내는 태평양을 바라보며 자기 영혼을 저곳에 던져서 꽉 막힌 자기의 가슴을 풀어내고자 저 바다로 뛰어가려는 찰나. 그때 한 여자가 들어온 거야.

송 선생의 말에 감화된 금 마담, 송 선생님에게 다가간다.

금 마담   (송 선생을 유혹하는 몸짓을 하며) 진짜 이번에 끈적끈
적한 거 하나. 진짜 노래 하나 구해 주시는 거죠? 송 선
생님?

송 선생   (갑자기 정색하며) 끈적끈적한 거? 금 마담은 그런 것보
다 그냥 트로트가 맞다니까. 고집 피우지 말고.

금 마담   (황당해하며) 선생님 정말 날 몰라준다. 이 바디에 이 페
이스가 어떻게 트로트가 어울린다고 생각하세요? 진짜.

송 선생   끈적끈적한 브루스를 소화하려면 몸에 빠다가 쭉 흘러
내리면서…

금 마담   빠다?

송 선생   버터! (인상을 쓰며) 내가 말하는데 말 끊으면 말이야
갑자기 하던 말이 생각이 안 나는데. 그럼 사람이 이상
해진다. 말 끊은 사람. (목을 조르는 시늉을 하며) 살인
충동이 느껴져.

금 마담   (미안해하며) 죄송해요. 말씀 계속하세요.

송 선생   (실망하며) 뭘 계속해? 까먹었는데.

금 마담   빠다! 버터!

송 선생, 다시 기억이 나며

송 선생   어 그래. 노래는 그 노래하는 사람과 닮아 있어야 돼. 브
루스는 기본적으로 몸에 물기가 쭉 흘러내리면서, 눈은

말이야 어디를 보는지 모르는… 수평선을 바라보는 눈빛인데, 자기 골통을 보는 듯한 필이 와야 한다는 거지. 패티김. 복희윤. 금희리. 이런 정도 되어야 그 깊은 맛이 난단 말이야.

금 마담   (조급증을 내며 애원하듯) 제가 바로 그 냄새잖아요. 어릴 때부터 미 8군 소표 분유에다 된장에 버터하고 얼마나 많이 비벼 먹었는데요. (겨드랑이를 올려 보여주며) 여길 맡아보세요. 노랑내 나죠?

송 선생   (냄새를 맡아 보곤) 나네.

금 마담   그 봐요.

송 선생   팝송을 부르면 뭔가 고상하고 고급스럽게 생각들 하는데… 그걸 제대로 맛 내려면 매일 버터에 목욕을 하고 배 속에 매일 스테이크 모셔주고 양담배 팍팍 피워주면서 시바스 리갈에 버번 위스키를 빨아줘야 그 냄새를 낼 수 있다니까. 아직 된장국에 밥 말아 먹는 사람이 대부분인데 나라에선 트로트가 짱이잖아. 남진, 나훈아… 송대관이… 가수왕 되는 것 봤잖아… 그러니까 금 마담은 내가 배호 노래 작곡했던 형님 잘 아는 것 알아 몰라? 이번에 소개해? 말어?

금 마담   (애원하면서) 정말 날 몰라도 너무 모르신다. 저가요 부산 오기 전에 미8군 드래곤바에서 양키들 죽여 줬다니까요. 황 사장 그 새끼가 나 도망갈까 봐 팝송 못 하게 해서 안 불렀지, 나 팝송 부르면 다방 손님 깜박 죽는다니까요. 너무 나에 대해 연구를 안 하신다.

송 선생   (작은 목소리로) 금 마담은 트로트, 뽕짝이 딱인데, 밤무대 이런 데서 싸게 부르면 끝내주는데 말이야.

금 여사   (화를 내며) 자꾸 뽕짝, 뽕짝 이러시면 이제 우리 가게 오지 마시고. 송샘 저하고 끝내자고요.

삐친 금 마담에게 위로하듯이 다가가는 송 선생.

송 선생   며칠 후 충무로에 우리 애들 모임이 있으니까. 오직 브루스만 고집하는 애들인데… 이번에 서울 출장 갔다 오면 한번 생각해 볼게.

금 여사   제가 살아도 살아 있는 게 아니에요. 매일 밤 황 사장 주먹맛 봐야 돼. 이러다가 저 언제 죽을 줄 몰라요. 송 선생님 저 좀 살려주세요.

준비한 돈 봉투를 꺼내 송 선생에게 주는 금 마담.

송 선생   (받으면서) 이런 것 자꾸 주면 나 버릇된다고. 나 그런 사람 만들지 마. 알지? 나 줏대 이런 것 없는 거… 귀 얇고… 옆에서 알랑방구 떨면 약해지고… 나 여린 사람이야.

금 여사   그래서 아직도 성공 못한 천재. 당대 최고의 숨은 고수, 제작자 브루스 송 선생님.

송 선생, 봉투 속에 돈을 보자 다시 낭비벽이 도지며

송 선생　말 나온 김에 하야리아 쪽에서 한잔 더 할까?… 미군 부대 근처에서 소울을 제대로 느껴볼까 우리?

금 여사　(단호하게) 들어가야 돼요. 황 사장 이 자식 또 무슨 난리 브루스 칠 줄 몰라요… 아 시바… 내 자유는 언제 오는 거야. 선생님 제 노래. 끈적끈적한 거 오면 저 다시 서울로 올라간다니까요. 그때 제 매니저 하시고 선생님은 제2의 전성기를 맛보게 된다니까요. 어머 벌써 가게 문 닫을 시간 됐네.

가려는 금 마담을 다시 붙잡고 설득한다.

송 선생　극동호텔 바에서 오리지날 뉴 오리올즈 스테이크 한다고 하던데. 같이 가면 내가 끈적끈적한 맛의 진국을 소개할 수 있는데… 그 정도 공부는 해 줘야 브루스가 보이는데…

금 여사　선생님. 우리 모레 낮에 가요. 아 며칠 안으로 서울 가신다고 하셨지. 그럼, 다음에.

송 선생　대낮에? 대낮에는 어떤 것도 맛이 안 나는데. 술도 여자도.

금 여사　(먼저 나가며) 선생님 저 먼저 일어나요. 서울 출장 갔다 오시면 연락! 파이팅!

송 선생   ···파이팅이다!

돈 봉투를 보며 만족한 표정이다가 금 마담의 뒷모습을 보고 아쉬워

한다. (암전)

12장   열애

다 부서진 황금다방, 찬 바람이 분다.

구석에서 체념한 듯 영가수, 노래한다.

'바람이 소리 없이 소리 없이 흐르는데 외로운 영혼인가 짝 잃은 영혼

인가 가버린 상처에···'

금 마담, 나타나며

금 마담   가게 왜 이래? 무슨 일이야?

영가수   누나! 빨리 도망가이소. 황 사장님 잡혀갔습니다.

금 마담   (놀라며) 왜? 양담배에 양주 팔았다고?

영가수   아닙니다. 중앙정보부에서 와가지고 끌려갔습니다. 금

             지곡 부르고 대마초 피우고 서울에서 온 가수들하고 데

             모하다가 도망 온 간첩들 뒷돈 대준 것이 무슨 사달이

났다 카데예.

금 마담 (담담하게) 잘됐네. 나도 이제 떠나야겠네. 황금다방 네
가 잘 챙기라.

영가수 (의외라는 듯) 너무하네? 와 의리라곤 진짜 없네. 황 사
장님은 누나를 엄청 사랑했는데.

금 마담 사랑? 사랑하면 사람을 패냐? 나라를 사랑한다면서 국
민들을 조지는 세상인데. 그래 사랑은 원래 그런 거야.
안녕!

영가수 브루스 송샘도 이제 안 보이시던데 어디 잡혀간 것 아닙
니까?

금 마담 (갑자기 인상이 찌푸려지며) 브루스 송. 그 새끼. 이야기
다시 하면 너 나한테 죽는다.

돌아서는 금 마담.

영가수 잠깐만요. 황 사장이 금 마담 오면 주라고 했습니다. 이
거 가지고 가이소.

금 마담, 편지를 받아 들고 간다. 그녀의 뒷모습을 보고 돌아서서 소파
에 절망스럽게 앉는 영가수. (암전)

<사이>
다시 조명 들어오면 금 마담, 외출복 입고 짐가방 들고 들어온다.

황 사장 편지가 목소리로 들려온다.

황 사장   이 노래 무아 음악다방에 디제이 배경모가 죽으면서 만든 노래인데 내가 훔쳤다. 니 마지막 선물로 주고 싶었어. 잘 가라!

<열애>
처음엔 마음을 스치며 지나가는 타인처럼
흩어지는 바람인 줄 알았는데
앉으나 서나 끊임없이 솟아나는 그대 향한 그리움.

그대의 그림자에 싸여 이 한 세월 그대와 함께 하나니.
그대의 가슴에 나는 꽃처럼 영롱한 별처럼 찬란한 진주가 되리라.
그리고 이 생명 다하도록 이 생명 다하도록 뜨거운 마음 속 불꽃을 피우리라.
태워도 태워도 재가 되지 않는 진주처럼 영롱한 사랑을 피우리라.

금 마담, 가슴을 저 미어지는지 노래를 부르곤 비명을 지르면서

금 마담   도둑놈 새끼. 이 훔친 노래를 내보고 해라고… 야 나쁜 새끼야! 이 노래는 내 실력으로는 소화가 안 돼, 새끼야!

(암전)

에필로그

김중아, 무대 위로 천천히 나타나며 청소를 깨끗하게 한다.

부분무대, 박우성이 목에 수건을 걸고 열심히 땀 흘린 모습으로 나타

난다.

박우성　샘, 제가 발바리 캐쉬 박 아닙니까? 그때 황금다방에서 막내로 있던 조용남 그 아저씨를 제가 수소문해가지고 알아봤는데요. 금 여사가 금 마담의 딸이 아니라고 하더 라고.

김중아　그래?

박우성　예. 황 사장이 금 마담 만나기 전에 부인이 있었다고 하 더라고요. 그 부인이 병으로 일찍 죽었는데 그래서 할머 니 밑에 딸을 맡겼다고 하더라고요.

김중아　조용남 아저씨는 그래 뭘 하시던가?

박우성　경기도 가평 강나루 이런 데서 카페 하나 하면서 아직도 노래하고 있던데요. 허연 꽁지머리 해가지고. 그래 금 마담은 그 후 우찌 됐을까요?

김중아　모른다. 살았는지 죽었는지… 어느 조그만 목로주점에 서 아직도 노래하는 것 봤다는 사람도 있고 누군 미국

에 갔다는 말도 있고…

박우성 그래 그기 뭐 중요하노. 지를 찾았다고 행복해했으면 됐지.

김중아 니는 요즘 뭐하냐?

박우성 시바 내 다 때려치았다.

김중아 말 까지 마 임마. 그래 캐쉬 박 어디 갈려고?

박우성 캐쉬 박 이런 말 인자하지 마소. 나 박우성이요. 좆도 까 불어 봐야 넘 똥밖에 더 닦겠나? 그래서 마 내 꼴리는 데로 한번 살아볼라고. 배 타러 가요. 한 일 년 타고 오면 무심한 바다 보면서 고생하다 보면 뭐가 달라도 다른 생각들을 하고 오겠지. 안 되면 또 일 년 더 타고… 태평양에 오줌 싸고 똥 싸다 보면… 박우성이 인간 되겠다, 라고 관운장 형님이 가르쳐 주데. 샘 인연 있으면 또 만납시다.

김중아, 기타를 들고 노래한다. 이때 내레이션 소리가 들려온다.

부산에 내려왔던 그때 좌절한 음악도들. 이 사람들이 어떻게 서서히 떠나갔느냐. 바다가 좋아서, 파도가 좋아서, 바윗돌에 부서지는 물결의 파편이 좋아서, 그리고 무엇보다도 국제시장에 돌아다니는 새로운 해적 음반들 귀하디귀한 새로운 음악들… 그리고 뭔가 정열을 불러일으키는 사람들… 이것들이 좋아서 좌절한 인간들이 부산으로 왔는데··· 어떻게 떠나갔는지는 모른다? 난 알지. 그들이 좌절과 절망을 술로써 달래며 자신들을 망가뜨리면서 황금음악다방, 향촌, 별들의 고향 등지를 술을 찾아 아쉬움을 달래는 음악을 찾아서 새벽까지 헤매고 나면 누군가 이야기하지. 우리 자갈치에 갈까?

잡아라! 단디 던지라!··· 어느 날 새벽 우연히 본 자갈치에서 만난 원양어선 선원들의 모습. 망망대해에서 외롭게 바다와 싸우고 돌아온 선원들. 배가 출발하기 전 서로의 무사 안녕을 기원하며 바다와 배에 술을 뿌리는 조촐한 의식에서 배어나는 간절함. 그을린 얼굴에 깊이 팬 주름 사이에서 인생의 풍파와 수많은 고단함이 묻어 있는 것 같아 마음이 경건해지지. '아저씨 오늘 만선입니까··· 아닙니다. 오늘만 날이 아닙니다. 내일도 날입니다.' 만선이건 아니건··· 오랜 세월 바다에서 일해온 사람들은 조급해하거나 욕심을 부리지 않지. 왜? 극한 상황이란 것은 운명이라고 생각하니까··· 오늘 못 되면 내일 되면 되고 내일 안 되면 모레 되면 되고··· 이렇게 살아 있다는 사실에 언제나 만족하며 또 내일의 해를 기대하는 사람들.

이때 금 마담 등장하며 김중아의 노래에 함께 노래한다.

좌절과 절망, 실패는 언제나 성공과 희망과 함께 있다는 사실은 그 사람들은 너무나 잘 알고 있었으니까.

그 모습을 본 어느 가수는 그 길로 부산을 떠나갔지. 성공을 하든 못하든 더 이상 자신에게 부끄럽지 않은 사람이 될 자신감을 가득 가지고 말이야.
내가 누구라고 이야기 안 할게. 그중에는 성공한 가수도 있고 아직 무명의 가수도 있어…
하지만 지금까지 그들이 하고 있는 것은 음악이며 노래라는 사실.
그리고 늙은 모습이지만 노래와 음악을 통해 아름답게 산다는 것.
음악은 음악일 뿐이고 노래는 노래일 뿐이다. 난 그냥 노래를 사랑한다.
그리고 무대를 사랑한다.
그들은 아직도 작은 무대 큰 무대 가리지 않고 그들의 이야기를 청중에게 들려주고 있었지.

끝.

음악극

철마장군을 불러라!

도입부

초등학교 1학년 손녀딸이 학교에서 숙제를 가져와 할아버지에게 묻는다.

신영   할아버지! 우리 마을 이름이 왜 기장이에요?

할아버지   기장! 한자로 베틀 기(機), 베풀 장(張). 이 할아비도 자세히는 모르겠다.

신영   베틀이 뭐예요?

할아버지   옛날에 옷감을 짜던 기계란다.

신영   (숙제장을 뒤지며) 철마는요? 일광은요? 정관은요?

할아버지   철마는 쇠로 만든 말!

신영   쇠로 만든 말? 어떻게 쇠로 말을 만들지?

할아버지   그래 이 할아버지도 궁금했는데 함께 알아볼까? 이번 기회에 우리 마을 역사도 한번 찾아보고.

신영   역사가 뭐예요?

할아버지   과거의 기록이지. 신화로부터 역사는 시작되는데 물론 전설도 있단다. 역사는 숨겨진 이야기를 품고 흐른다고 했다. 그럼 자, 이 이야기 속에 숨겨진 우리 마을을 찾아보자꾸나.

신영   네! 할아버지. (암전)

프롤로그-신화의 시대, 기우제

오랜 기간 비가 오지 않아 땅이 불에 탄 듯 말라가고 마침내 마을 사람
들은 기우제를 지낸다.

마을 사람들의 구음 소리와 노랫소리, 낮으면서 애절하다.

마차로 만든 제단 위에 칼을 든 신관들을 앞세우고 제사장 무군자(巫
君子), 천신에게 절을 하며 고(告)하고 있다. 마차 아래에는 신녀 하
나, 신령스러운 춤을 추고 있다.

마차 바퀴를 끌고 나오는 마을 사람들, 가뭄으로 힘들고 고통으로 지
친 모습이다.

사람들   하늘이시여! 비를 내리소서!

땅이시여! 갈라진 땅 사이로 물을 흘리소서!

하늘이시여! 비를 내리소서!

땅이시여! 갈라진 땅 사이로 물을 흘리소서!

<배경영상> 우주에서 본 거대한 지구가 자전하는 모습.

무군자   하늘과 땅! 바다가 한 모양으로 뭉쳐져 있었다. 하나의
죽어 있는 거대한 덩어리!

무군자의 목소리에 압도되어 마을 사람들의 구음 음률이 고조되고 땅

바닥에 엎드려 절을 한다.

사람들   우리를 구하소서!

무군자   마침내 대자연의 신은 거대한 불을 일으키면서 가장 가벼운 것들은 날아 올라가 하늘이 되었고.

사람들   비를 내리소서!

무군자   무거운 것들은 내려앉으면서 공기가 되고 바다가 되었으니, 그중 가장 무거운 것이 땅이 되었다.

사람들   땅이시여!

무군자   이때 모든 것들은 제자리를 잡기 위해 서로 부딪치며 충돌하였다.

음악이 빨라지며 웅장해진다.

사람들이 일어서면서 군무가 시작된다. 모두들 한쪽 발로 땅을 일정하게 밟으며 막대로 두드린다.

사람들   땅을 잠재워라! 땅을 잠재워라!

신녀의 춤은 절정으로 치닫는다. 무군자, 제주의 막대를 올리자 춤을 추던 신녀, 무군자에게 다가온다.

무군자   (신녀와 함께 앞으로 나서며) 여기 우리의 땅에는 누가 온 줄 아느냐?

무군자, 팔을 들어 하늘을 보며

무군자   바로 대자연의 딸 옥녀! 저기 일광산에 앉아 연화봉을 바라보며 베틀을 차리셨나니. 혼돈과 광란에 빠져 있던 이곳을 씨줄과 날줄로 정리하시어 산을 일으키고 골짜기를 파고 숲과 샘, 저 벌판을 만드셨다.

<영상> 산과 벌판, 바다가 펼쳐진다. 파도가 출렁이고 땅이 융기하는데 카오스다.
마침내 태양빛이 강해지면서 눈부시다.

마을 사람들, 강렬한 태양빛에 눈이 부셔 하며 두려움에 사로잡혀 무릎을 꿇어 굴복하며 빌기 시작한다.
무군자, 칼을 든 무관을 앞세우고 신녀와 함께 앞으로 나선다.

무군자   (한탄하며) 아 아직도 완성되지 못한 하늘과 땅이여!
질투, 원한, 복수를 희망으로 바꾸어라!

마을 사람들은 무군자 제수막대의 움직임과 신녀와 무관의 지시에 따라 군무를 춘다.

무군자   태양이시여! 노여움을 내려놓으시고, 땅을 잠재워라! 잠재워라! 제룡단에 제물을 올려라.

이때 신관, 어린아이 옥정이를 업고 나오며 제물로 바친다.

어린 옥정 (무서워하며) 무서워요! 물! 물을 주세요.

무군자 제룡단에 신물을 올리리라!

사람들 제룡단에 신물을 올려라!

<배경영상> 태양빛이 강해지면서 눈부시다.

마을 사람들, 제단 바닥에 하나씩 엎드리며 호소한다.

사람1 한 해가 넘어가는데도 비 한 방울 내리지 않았다.

사람들 빛을 거두어 주시오.

사람2 씨를 뿌려도 물기가 없어 그대로 말라 죽고 말았다네.

사람들 불쌍히 여기소서.

사람3 이제 모든 만물이 말라 죽어 간다네.

사람들 우리도 말라 죽겠습니다.

이때 어린 옥정, 제단에서 쓰러진다. 옥정의 어미, 사람들 사이에서 나와 어린 옥정이를 안는다.

어미 옥정아!

이때 무군자, 목소리를 높이며 나온다.

무군자   물러나라. 옥정이는 신물이 되어 옥녀가 되리라!

어미   자식새끼 피죽처럼 말라가니 눈 뜨고 어찌 보겠소.

이 모습을 목격한 마을의 군장이 사람들 앞으로 나선다.

호소하는 백성들, 면목 없는 군장 힘없이 절망한 모습이다.

사람4   배고파 죽겠습니다. 아무것도 먹지 못한 지가 얼마인지 모를 일이요.

사람5   피죽도 나무껍질도 없습니다요.

사람6   자식새끼 피죽처럼 말라가니 눈 뜨고 못 보겠소.

사람7   아이고 하늘이시여 구멍이라도 나라!

사람8   모든 못은 말라버린 지 오래고 이제 먹을 물조차 구할 수가 없다네.

군장, 호소하는 마을 사람들을 위로하곤 스스로 자책하며 괴로워한다.

군장   마른 목은 길쭉하여 따오기 같고.

사람들   물을 주시오!

군장   병든 살갗 주름져 닭살 같구나.

사람들   물! 물!

군장	갈대처럼 마른 몸 누구의 잘못이란 말이더냐?
사람들	비를 내리소서!

무군자, 제사를 지체할 수 없다는 듯 큰 목소리로 옥정이를 부른다.

무군자	우리들의 정성이 하늘에 닿지 못한다. 누가 있어 제물이 되겠는가? 옥정은 어서 앞으로 나와라!
어미	옥정아!
아비	옥정아!

어린 옥정이, 제물로 바쳐지기 위해 신관과 신녀에게 끌려 제단으로 나온다.

무군자	태양이시여! 어서 노여움을 내려놓으시고, 땅을 잠재워라! 잠재워라!
사람들	제룽단에 제물을 올려라.

이때 군장, 옥정을 대신하여 앞으로 나오며 무릎을 꿇어 절을 한다.

군장	엎드려 애원컨대 가뭄이 모질게 심하여 산과 언덕이 모두 불같이 타서 먹을 것과 마실 물조차 구할 수 없어 모두들 죽어가고 있나이다.
사람들	구슬 같은 비가 쏟아지게 하옵소서! 강을 이루게 하옵

소서!

옥정이를 대신해서 스스로 몸을 바치길 결심한 듯 군장이 명령을 내린다.

군장   모두들 들으라! 장작 나무를 가져오너라! 이 장작들을 반듯이 쌓아 올리고 그 위에 마른 잎을 깔아라!

사람들, 군장의 결의에 놀라 일어선다.

사람들   군장!

무군자, 마을 군장의 결심에 동조한다.

무군자   군장의 명령이다! 움직여라!

무군자의 손짓에 마을 사람들이 하나 둘 장작으로 탑을 쌓는다.

군장   성산으로 받친 하늘이시여! 우리 땅을 주관하시고 만물을 화육시켜 그 은혜가 온 하늘과 땅에 입혀오신 님이시여! 엎드려 애원컨대 가뭄이 모질게 심하여 모든 땅이 불같이 타서 마실 물까지 구할 수 없어 모두들 죽어가고 있나이다. 우리 모두 구름과 무지개만 바라고 있으니 우리 생령이 살게 하게끔 구슬 같은 비가 쏟아져 강을 이루게 하옵소서!

무군자의 절과 함께 신관과 신녀는 춤을 이어간다.

무군자 여기 천손 하나 바치오니 받아주시오! 불기운을 일으켜 하늘에 올리나니 먹구름이 피어올라 온통 검은 어둠 속에 갇히게 하옵소서!

사람들 (장작더미를 쌓으며) 비를 내리소서! 비를 내리소서!…

군장, 쌓인 장작더미에 다가서며

군장 하늘이시여! 하늘의 성지를 받들어 나 여기 군장이 되었으나, 내 덕이 부족하여 가뭄에 모두들 죽이게 생겼도다. 사람 하나 구하지 못한 자, 방법을 찾지 못해 안갯속을 헤맨다. 이 몸 하나 불살라 속죄하고자 하니 이 한 몸 받아주시어 비를 내려 주시옵소서!

군장, 천천히 장작더미에 오른다.

군장 하늘이시여! 나의 오만함을 받으시고 저들을 용서하시여! 비를 내리게 하십시오!

사람들 안 됩니다. 내려오십시오. 군장!

무군자	모두들 물러나라! 군장은 우리를 대속하여 하늘에 죄를 고하니 모두들 물러나라!
군장	불을 지펴라! 옥정은 지체없이 불을 지펴라!
사람들	군장!

모두들 애원하며 땅에 엎드린다. 마을 사람들의 구음과 노랫소리 높아진다.

무군자의 주술소리 높아지고 마을 사람들이 춤을 추며 하늘을 향해 빈다.

무군자	바다가 누렇게 변하듯이 흑빛이 되어버렸다. 하늘빛 또한 바다색을 닮아 어둡고 침울하구나. 땅의 기운이 분노하면 병자들이 나타난다. 어서 막아라. 맑은 영을 앞세워라! 그들의 영을 앞세워라! 불을 지펴라!
사람들	눈을 감지 마라. 감는 자 눈을 멀게 하고. 귀를 열어 땅의 소리를 들어라.

옥정, 불을 지피자 장작이 불에 탄다.

바로 이 순간, 바람소리 세지며 회오리바람이 되어 몰아친다.

사람들	바람이 분다! 검은 그림자가 하늘에 올라온다! 먹구름이 몰려온다!

갑자기 어두워지면서 비가 한 방울씩 내린다.

사람들　비가 온다. 비가 온다.
무군자　하늘이 우리를 버리지 않았다.

마을 사람들의 환호소리와 함께 번개가 치고 폭풍우가 몰아치며 소나기가 쏟아진다.

사람들　비가 쏟아진다! 하늘이 우리를 버리지 않았다. 군장을 살려라! 군장을 살려라!

마을 사람들, 비가 내려 불이 꺼진 장작더미에서 군장을 구해 나간다.
무군자, 신관, 신녀도 함께 나간다.
홀로 남아 있는 어린 옥정이. 하늘을 쳐다본다.

어린 옥정　옥황상제의 딸 옥녀! 저기 일광산에 앉아 연화봉을 바라보며 베틀을 차려 혼돈에 빠져 있던 이곳을 씨줄과 날줄로 정리하시고 산을 일으키고 골짜기를 파고 숲과 샘과 저 벌판을 만들었다네. (암전)

1장   어린 옥정이와 옥녀

조명, 들어오면 잔잔한 파도소리.

세월이 흘러 아주 큰 소녀가 된 옥정이, 기억 속의 어린 옥정이를 만난다.

지난 일로 옥정이는 신녀로 점지된 옥녀가 되어 함부로 행동할 수 없

는 규정에 자유를 잃었다.

어린 옥정 군장님의 희생으로 하늘이 감복하여 삼일 밤낮으로 비

가 내렸다네.

어린 옥정, 옥정의 머리를 올려준다.

옥정 자신을 태워 우리를 살리신 군장은 어떻게 되었을까?

어린 옥정 얼굴, 팔, 다리… 몸을 태우신 군장은 한동안 아파서 몸

을 가누지 못하다가 홀연히 사라졌다네.

이때 부분무대,

지난 불로 하체에 부상을 입어 다리를 절며 신선이 된 군장이 반인반

수 형상의 짐승과 함께 지나간다.

짐승 음매. 이잉!

군장 이놈아. 어서 가자.

짐승 음매. 이잉!

군장	소냐, 말이냐? 이놈아! (웃음) 소 울음소리도 잘 내는구나. 어서 가자, 이놈아! (퇴장)

<사이>

어린 옥정	(머리 손질을 끝마치며) 자, 다 되었다.
옥정	왜 옥녀가 되면 머리를 세울까?
어린 옥정	소도의 솟대처럼 머리카락을 세워 하늘의 기운을 받는다고 하네.

이때 저 멀리 옥정의 어미, 목소리 들려온다.

어미	옥정아!
두 사람	네! 여기요!

어미, 아비가 나타나 옥정이에게 온다. 어린 옥정이는 보지 못하고 지나친다.

아비	넌 우리 마을의 옥녀다. 혼자 함부로 행동해선 안 된다. 알지?
어미	군장께서는 너 대신에 장작에 올라 너를 구하셨다.
아비	또한 무군자의 정성이다. 감사하거라.
옥정	아니라네. 무군자가 아니라 군장의 정성이 하늘에 닿아

서 비를 내리신걸.

아비 쉿! 무군자 앞에서는 그런 말을 해서는 안 된다.

아비, 어미와 주위를 둘러보곤 눈치를 살피며 불안해한다.

아비 무군자가 하늘에 빌어 비를 내렸고 군장은 그냥 제물일
뿐이었다. 알지?

어미 어서 가요! 쓸게질하는 날 또 늦으면 우리 몫이 작아진
다고요. 당신은 또 싸우지 마시오.

아비 싸우긴 왜 싸워. 나야 일한 만큼 가져가는데.

어미 언제부터인가 다들 얼매나 사나워지는지. 서로 양보를
못해.

옥정 바다풀도 그렇고 씨 뿌린 작물이 적어서 그렇다네.

아비 비가 적었다가 많았다가. 언제까지 하늘만 처다보고 살
아야 하나?

어미 (눈치 본다고 목소리 작아지며) 말조심하쇼! 무군자가
알면 무슨 경을 치려고?

아비 오늘은 쓸게질하는 날, 어서 가자!(퇴장)

<사이>

파도소리, 돌미역 생산을 위해 쓸게질하는 마을 사람들.

<노래- 쓸게질 소리>

어샤 어샤 호마리 호마리 찍고

가세 가세 어서 가세 바다 선물 어서 가세

우리들이 천복일세 돌미역을 쓸어보세

봄바람 꽃피어나 꽃구경도 좋을시고

하늘주신 지신주신 우리네의 차지라네

행복이야 행복이야 우리땅에 행복이야

빌어보세 빌어보세 대자연에 감사로세

파도소리 높아지고

사람들이 사나워지며 서로의 몫을 더 차지하려고 싸운다.

아비　　내놔라. 왜 내 것을 빼앗아 가?

사람1　　내 것이야. 왜 이래?

아비　　공동생산에 함께 일했는데 공평하게 나누어야지?

사람1　　아니지. 내가 얼마나 많이 일했는데 내가 더 많은 게 무엇이 잘못인가?

사람2　　무슨 소린가, 그럼 내 몫은?

사람3　　왜 이래. 그것은 내 것이야!

이때 무군자, 신관을 거느리고 나타난다. 뒤로 옥정이 따라온다.

무군자　　조용히 하라! 우리 것들 모두는 원래 누구의 것이더냐?

아비	억울합니다. 모두 똑같이 나누기로 했으면 그대로 해야 하는 거 아닙니까?
무군자	모든 것은 대자연의 선물이다. 제사상에 올리는 것이 우선이고 나머지는 모두 다 똑같이 나눌 것이다.
모두들	(복종하며) 네! 무군자님이시여!
사람1	(자기 것을 내놓으며) 정말 억울합니다요.

이때 파도소리 높다. 사람들 놀라 바다를 쳐다본다.

사람1	파도소리가 점점 커지네.
사람2	저기 보시게. 검은 먹구름이 흑마처럼 밀려오네.
사람3	파도가 예사롭지 않아.
무군자	모두들 물러나시게. 오늘은 신당에 제물을 새로 채우는 날. 옥정이는 옥녀가 되어 따르라!

사람들, 무군자에게 인사하고 들어간다. 옥정은 옥녀 일을 한다고 남는다.
어미와 아비는 옥정을 걱정하며 들어간다.

무군자	어제는 가물었으나 오늘은 바다가 운다. 하늘과 땅의 무거움을 알지 못한 자 결코 얻지 못하리라. 오늘의 죄악을 하늘에 고해 용서를 빌리라. 옥녀 옥정이는 함께 가자. 따라오라!

무군자와 옥녀, 신관은 제사를 하러 나간다. 다시 나타나는 어린 옥정.

어린 옥정 어떤 날엔 비가 오지 않아 하늘에 빌고, 어느 날은 가뭄으로 땅이 갈라져 땅에 빌었다네. 이제는 달마다 비가 쏟아지니 작물들이 썩어간다네…

파도소리, 높아진다. (암전)

<사이> 다시 조명 들어오면 제단 형태의 부분무대.
무군자가 옥정이를 앞세워 제당에 제물을 올리며 빌고 있다. 이때 신관은 칼춤을 춘다.

무군자 옥녀가 내려와 베틀로 옷을 짜듯 만드신 산과 들의 만물이시여! 부족한 저희를 어여삐 여기사 노여움을 거두시고 날이 편안하길 기원하나이다!

옥정도 옥녀가 되어 무군자를 따라 빈다.

무군자 하늘이 신임하여 이 무군자 있음을 잊지 마라! 내가 평화를 가져다주리라!

파도소리, 높아진다.

<영상> 바닷가, 바윗돌에 부딪치는 파도가 크다.

2장 신화, 날개 달린 자 나타나다

파도소리.

바닷가 백사장. 달음이 쓰러져 있다. 이때 그를 발견한 옥정이 나타나 주위를 살핀다.

옥정   무엇인가? 죽은 고래 새끼냐? 아니면 뭘까? (가까이 다가가서 사람임을 알고 놀라며) 어머나 사람 새끼네.

혼수상태의 사내는 달음이다. 그를 막대기로 조심스럽게 찔러보는 옥정이. 신음소리 들린다.

옥정   이봐요? 여기요? 사람이요? 아니면 귀신이요? (움직이지 않는다) 죽었소? (신음소리) 살았네, 살았어.

달음   물… 물!

옥정   (바구니에서 물을 가져다주며) 물이다. 천천히.

달음   (물을 마시곤 다시 쓰러지고) 음…

옥정   다시 죽었나?

저 멀리 짐승의 울음소리 들려온다.

옥정   (짐승의 소리에 놀라 일어나며) 무군자님이 하늘이 울고 바다의 색깔이 흙빛으로 변하면 이상한 괴변이 일어난다고… 심지를 강건히 하고 놀라지 말라고 했는데.

이때 저 멀리 옥정의 어미 아비가 나타나 옥정의 모습을 보고 놀라서 물러서며 경계한다.

아비   (놀란 목소리로) 정아! 안 돼. 만지지 마. 어서 이리로 와라. 어서.

어미   어허! 정아! 어서. 가까이 가면 안 돼. 제룡단에 제사를 하는 동안에는 바깥 사람을 만나면 부정 탄다고.

옥정   죽은 자 불쌍한 자 있어 구하는데도 안 되남?

이때 옥정이, 일어나 벗어나려고 하자 다리를 붙잡는 달음. 놀라는 어미와 아비.

아비   (화를 내며) 이놈아, 그 손 놓아라. 어서!

어미   (큰 목소리로) 정아! 어서 발로 차라.

달음, 잡은 다리를 놓지 않는다.

옥정 (무서워하며) 어미여. 안 떨어지네.

아비 힘 줘!

어미 저놈이. 어서 발로 차!

옥정이를 풀어주는 달음.

어미 아이고 살았다. 네 이놈아. 어서 꺼져라!

아비 무군자님이 네놈을 보게 되면 넌 살아남지 못해. 이놈 아!

무군자와 마을 사람의 목소리가 들려온다.

어미 (놀라며) 큰일이다. 이 일을 어쩐다냐? 옥정아!

아비 (다급한 목소리로) 옥정아! 절대 그놈을 만났다고 하지 마! 우린 지금 방금 저놈을 본 것이다. 알겠지?

달음 (말이 어눌하게 나오며) 어… 어.

아비 (답을 발견한 듯) 그래. 이놈아! 바보야. 넌 바보다. 아 니, 벙어리 좋네.

달음 어… 어.

아비와 어미, 마을 사람들이 나타나자 갑자기 소리친다.

아비, 어미 여기 이상한 놈 하나 있다! 어서들 와라! 어서! 한 놈이 있어! 우리는 모른다. 이제 봤다!

달음, 벙어리처럼 소리를 낸다.
사람들이 달음에게 다가가려다 움찔하며 물러난다.

사람들 가까이 가지 마! 지금 때가 어느 때인데. 모르는 사람을
만나면 눈이 멀고 병을 옮기게 된다고.

무군자 (앞으로 나서며) 내가 왔으니 겁먹지 말고 모두들 물러
나라!

사람들, 뒤로 물러난다. 무군자가 조심스럽게 달음에게 다가간다.

달음 (무군자의 모습을 보자 웃으며) 내가 왔다. 물러가라!
(흉내를 내며 바보 행세를 한다)

사람들 모자란 놈인가? 아니면 미친 놈?

아비 (다급하게 말하며) 바보라네. 그려, 바보구만.

달음이 어눌하고 두서없이 말하자, 아비는 통역하듯이 해설하며 말
한다.

달음 (횡설수설하며) 배를 탄다… 바람이 분다… 파도가 친다.

아비 용오름에 바다가 울고… 배가 춤추고…

달음 세게 분다… 배가 흔들린다… 악!… 사람… 파직!… 악!

아비	풍덩! 배가 파산되어 저 혼자 살아남았다, 라고 하는 데요.
무군자	혼자?
아비	네!

사람들이 달음에게 말을 걸러 다가가자, 소리치는 무군자.

무군자	물러나라! 요즘처럼 어지러운 때에는 수상한 자들이 준동한다. 우리 사람 아닌 자 나타나면 부정 탄다는 사실. 넌 무슨 이유로 여길 왔는지 똑바로 말하라!
달음	(이상 몸짓을 하며) 어… 어…
사람들	어서 말하라. 무엇을 염탐하기 위해 온 것인지. 어서 말하라고.

달음, 목이 마르다는 모양을 말없이 표현한다.

무군자	물을 어서 가져오너라.

사람1, 물을 가져왔지만 부정 탈까 겁이 나 머뭇거린다.

사람들	(물을 주려다가) 누가 이걸 주나?
무군장	이미 옥정이 저자와 함께했으니 옥정이를 보내라.

마을 사람들, 걱정스러운 모습으로 옥정이를 바라본다.

사람들　옥정이는 옥녀가 될 신분인데. 부정을 타버렸나. 옥정이 불쌍해서 어쩌나?

어미　(옥정이 물을 주는 모습을 보고 울부짖듯이) 우리 옥정이 죽었네.

이때 옥정의 아비, 달음의 배낭을 찾아온다.

아비　이것 보시오! 저놈의 것 같습니다.

사람2　만지지 마! 부정 탄다. 아이고, 옥정이 아비도 큰일이네.

어미　(절망하며) 그걸 왜 만지시오? 아이고 옥정이 아비요. 우리 가족 다 죽겠네.

무군자　옥정이 네가 열어보아라.

옥정, 배낭을 열어본다. 마을 사람들, 긴장하며 쳐다본다.

사람3　(궁금해하며) 진짜 염탐꾼일까?

사람4　칼 없어?

사람들　없다네.

옥정　칼은 없어요.

사람1　아무래도 수상해. 물고기를 잡는다면 분명 무엇이 있어야 하는데.

이때, 먹구름이 걷히는 듯 주위가 밝아진다.

사람들   하늘을 봐. 폭풍우는 물러났어. 저길 보라고 흑구름도
        밀려나고 있다고.

무군자   (사람들에게 주목하라고 손짓하곤) 다들 내 말을 들어
        라!

사람들   (무군자의 말을 듣지 않고 하늘을 보며) 이제 달도 보이
        는데. 그려, 달이 구름을 뚫고 나오고 있다네.

무군자   (큰 목소리로) 모두들 내 말을 들어라!

사람들, 달음을 쳐다보며 긍정적인 관심을 가진다.

사람들   저 자가 행운을 가져왔나?

무군자   (화를 내며) 이 무군자가 말을 한다. 주목! 나의 말을 들
        어라!

놀란 사람들, 무군자를 주목한다.

무군자   하늘의 변덕은 땅이 알지 못하고 땅의 변덕은 사람은
        알 수 없다.

사람들   네! 무군자시여!

무군자   아무도 믿을 수 없다. 오늘 밤 제룡대 신장께 여쭈어보

고, 저놈이 부정 탄 놈이라고 하면 저놈을 저 바다의 용
왕님께 바치겠다.

사람들　(서로 수군거리며) 옥정이는 어쩌지? 옥녀가 부정을 타
면 안 되는데. 옥녀에서 짤리나?

무군자　(심각하게) 옥정이는 이미 버린 몸. 옥정이는 여길 벗어
날 수 없다. 어미와 아비는 이 앞으로 나오라.

어미와 아비, 죄인이 된 양 무군자 앞으로 나온다.

무군자　옥정의 가족은 금줄을 치고 저놈과 옥정이를 가두어 지
켜라. 나 간다!

무군자를 따라 마을 사람들 퇴장.

어미　(울부짖으며) 아이고! 우리 옥정이 부정 타서 죽었네!
이 일을 어쩐다냐? (암전)

3장　옥녀와 달음

다시 조명 들어오면 어린 옥정, 달음의 주위로 황토 흙을 뿌리며 나타
난다.

어린 옥정 난 천신의 딸, 옥녀의 후예라네. 옥녀의 분신이 되어 마을 지키는 신녀라네. (달음을 보며) 누굴까? 천신이 보내셨는가?

옥정은 막대를 들고 달음 지키고 있고 옥정의 어미 아비, 절하며 금줄을 친다.

어미 지푸라기 꼬인 줄에.

아비 푸른 솔가지 가지 묶고.

어미 적고추와 숯을 매어 금줄에 매단다네.

아비 물러가, 물러가라 이 잡구야!

어미 머리털을 뽑아 바치라시면 혀를 뽑아 바치옵고.

아비 손을 바치라면 내 팔, 다리를 바치리다.

어미, 아비는 주술소리를 내며 금줄을 친다. 금줄에 숯이 부족하게 달려 있다는 사실을 발견한다.

아비 (놀라며) 이거 왜 이래? 숯이 적다.

어미 그러네, 부정을 물리치려면 숯이 37은 달려야 하는데. 어서 더 가져와야겠네.

아비 내가 분명 세서 가져왔는데. 다시 세어보시게.

어미 모자란다니까요?

아비 어서 가져오겠네.

어미	정아. 잘 지키고 있어라. 배고프자? 죽을 때 죽더라도 먹고 죽어야지.
달음	내 거는?
아비	싫다. 나쁜 놈은 굶어도 돼.
어미	정아! 말 섞지 마라! 그놈이랑 너랑 다르다고. 알지? 넌, 우리의 옥녀야!

어미 아비, 두 사람 퇴장한다. 옥정과 달음, 서로를 말없이 쳐다본다.

달음	옥녀? 귀하신 몸을 내가 알아보지 못하고 구렁텅이에 빠트렸네. 미안!
옥정	어린 시절 (어린 옥정 나타나며) 천상을 연결하는 옥녀로 점지되었다네. 여기는 옥황상제의 딸이 내려온 곳이라네. 그 옥녀가 저기 일광산에 앉아 자리 잡았다네.
달음	(놀라며) 일광산?
옥정	왜 그리 놀라시오?
어린 옥정	일광! 해가 비추어 빛나는 곳
달음	(미소를 지으며) 제대로 찾아오긴 왔네. 아야! (통정으로 쓰러진다)
옥정	괜찮아?

옥정은 달음의 상처를 치료한다.

어린 옥정 저곳 연화봉을 바라보고 다리를 걸치고 베틀을 차려 비단을 짠다네. 저기 옥녀봉 아래를 수현고개라고 하고 저 산을 비단이 줄줄이 널어졌다 해서 수령산. 수령산과 저기 성산 사이에 흐르는 강을 수계천이라고 하고 저 돌다리가 수계다리라고 하네. 수계천 위에 가면 수계샘이 있어. 그 다리를 건널 때 보름달이 떠 있으면 나쁜 액을 면한다네.

옥정은 달음의 치료를 마친다.

달음 고맙습니다. 난 달음이라고 해.

옥정 달음?

달음 양기가 뻗친다 하여 달의 음기를 잡으라고 그리 이름 지었다네.

옥정 난 정이라고 해. 솥이라고 정이라고 부른다네. 옥녀가 되자 옥정이라고 불린다네.

달음 쇠로 만든 큰 솥?

어린 옥정 진짜 큰 솥은 저기 있어. 저 하얀 구름만 넘어간다 해서 백운산이라고 해. 그 너머 솥처럼 생긴 분지가 있는데, 박달산, 소학대가 있다네. 그 너머에 옥녀봉이 있는데 그곳에 쇠도가 있다네.

달음 쇠도?

옥정 왜 그리 놀라나?

달음	일광산? 쇠도라고 했습니까?
옥정	왜 그러시오?
달음	꿈에서 봤습니다. 분명 일광산, 쇠도를 찾아가라!
옥정	꿈?
달음	(일어서며) 내가 어제 폭풍우를 만나 물에 빠졌을 때, 그때 꿈인지 생시인지 환상을 보았습니다. 분명 바다였는데… 새와 땅 위의 짐승들이 물 위에서 춤을 추고 놀고 있었어요. 하늘과 땅이 하나가 되어 그 사이로 구름도 오색 무지개랑 춤을 추고.
옥정	아름다워요! 땅이 하늘이요, 하늘이 바다가 되었네요…
어린 옥정	(흥얼거리며) 하늘과 땅은 하나였다네. 하늘과 사람도 하나였다네. (파도소리)

4장 꿈이야 생시야

파도소리, 코러스들 환상을 노래한다.

무용수들이 파도 사이로 하나하나 새, 물고기, 짐승이 되어 춤을 춘다.

<노래-우리 모두 하나>

하늘과 땅은 하나였다네. 땅과 사람도 하나였다네.

짐승들은 높이 날아 새처럼 날아다녔고

물고기들 땅 위로 뛰어다닌다네.

하늘이 있어 땅이 있고 사람이 있어 하늘도 있으니.

나와 너 그리고 우리, 너와 나 그리고 하나.

슬픔도 기쁨도 우리, 미움과 사랑도 하나.

모두 다 우리가 되었네.

모두 다 하나가 되었네.

파란 하늘! 바다도 파란색이라네!

푸른 땅! 우리도 푸르다네!

<사이>

부분무대

다리를 절고 가는 노인 (예전의 군장이 신선이 됨) 하나 지나간다.

그를 뒤따라가는 말대가리 모양의 짐승 하나가 간다.

노인   (짐승 하나 앞세우고) 끼라! 언제 깨어날래, 이 어리석은
인간들아! 아직도 껍데기는 여전히 짐승이구나. 이 미련
한 짐승 놈아. 어서 가자 바삐 가자. (음률을 중얼거리
며) 도라지 백도라지 흐드러진 곰내고개 아직도 멀었구
나. 끼라!

땅을 치며 기다란 막대기로 번갈아 두드린다.

노인	일광! 햇빛, 그 따스함에 달빛이 만난다면… 날개 달린 자 하늘에서 춤을 춘다네. 다 와 간다. 저기가 쇠도 소두방이다. (퇴장)

<사이>

옥정	(일어나서 빌며) 군장님!
달음	군장님?
옥정	다리를 절지 않았어?
달음	그래, 다리를 절었지.
옥정	(무릎을 꿇고 예를 차리며) 신선이 되어 소도로 홀연히 사라지신 우리의 군장님.
달음	소도? 쇠도?
옥정	생기가 바람을 만나 흩어지지 않도록 솥 모양으로 막아 산을 올리고 물을 흘려 내린 곳. 그래서 산은 우리의 뼈가 되고 물은 우리의 피가 되어 흐르는 곳. 소도산. 우리의 대표인 천군이 사는 곳이라네. 소두방. 솥의 산.
달음	소도산이라고 했어? 나 그곳에 갈 수 있을까? 가르쳐 줘.
옥정	(주위를 둘러보며 크게 놀라며) 쉿! 그곳은 아무나 가는 곳이 아니야. 평민이 가면 천신의 기운에 눌려 눈이 멀고 머리가 돌아 버린다네. 옥녀가 된 나만 갈 수 있다고.
달음	(웃음) 나도 천신의 정기를 받았으니까 걱정 마.

달음. 윗옷을 벗자, 겨드랑이에 날개가 나타난다. 놀라는 옥정이.

<영상> 날개 달린 말이 나타난다.

다시 윗옷을 입은 달음.

달음   우리 어미 아비는 다른 사람이 보면 안 된다고 숨기며 살아야 한다고 했어.

옥정   (놀라며) 날개 달린 사람은 평지풍파를 일으켜 망친다고 했는데.

달음   내가 살던 곳은 풍족했지. 산은 깊어지고 땅은 넓어지자, 점점 사람들은 변해갔어.

이때 어린 옥정, 땅에다 금을 긋는다. 무사들, 무장을 하고 등장해서 검무를 춘다.

어린 옥정   하늘에 빌던 손은 땅을 부수네. 땅을 파던 순한 손은 무기를 들어 피를 묻힌다네.
함께 더불어 살아가던 사람들은 점점 자기 것을 챙기기 시작했지. 그러자 사람들은 서로를 의심하며 믿지 못하고 서로를 미워하며 욕심으로 분노를 만들어 가기 시작했다네. 이렇게 사람들이 사나워지자 어느 날 우리 군장은 이웃 마을을 빼앗기 시작했어. 우리는 모두 전쟁으로 고통 속에 빠져 죽어간다네. 그때 아기장수 태어났다네.

아기 울음소리.

<사이>

옥정　(혼자 고민하다가) 죽을 줄도 모르는데. 그곳에 갔다간 목숨이 열 개라도 못 살아나네.

옥정, 혼자 나가려고 한다. 달음, 따라서 일어난다.

달음　어디 가?

옥정　찾는다며? 그냥 있을 거야? 따라와! (퇴장)

두 사람 사라진다. 저 멀리 앵금소리 들린다.

어린 옥정　달음아! 일광산 쇠도를 찾아가! 그곳에 가면 네가 태어난 이유와 갈 길을 가르쳐 줄 것이야.

먹구름으로 가린 하늘에 달이 서서히 나타나고 별빛도 보이기 시작한다.
이때 어미와 아비가 다시 나타난다.

어미	하늘이 점점 맑아지네. 별도 보이고.
아비	이 어리석은 여자야! 하늘의 변덕은 우리네는 알 수 없다고 하잖아.
어미	아까 그 녀석이 혹 용한 놈 아닐까? 행운을 가져다주는.

어미와 아비, 달음을 가둔 곳에 왔지만 두 사람이 사라진 걸 알자 크게 놀란다. (암전)

마을 사람들의 고함소리 들려온다.

5장   도망가는 달음

어둠 속에 횃불 든 마을 사람들이 나타난다. 달음과 옥정이를 찾는다.

사람들	여기요? 이 길입니다. 여기 발자국이 있습니다! 해가 뜨기 전에 찾아야 돼.
무군자	(고함치며) 나뭇가지 조심혀라. 신목, 신수, 신당수, 동신목. 특히 제당나무 함부로 훼손하면 다 죽는다.
사람들	멀리 가지 못했다! 어서 찾아라!
아비	옥정이를 잡아간 놈아! 우리 옥정이는 옥녀란 말이야. 어서 풀어줘라!
어미	옥정아! 우리가 간다. 나쁜 놈아! 우리 옥정이를 풀어줘

라!

무군자와 신관 무사들, 마을 사람들, 어미, 아비는 산길을 따라 지나간
다. (퇴장)

<사이>
달빛 아래 지나가는 두 사람, 옥정과 달음이다. 옥정이의 안내를 따라
달음이 뒤따른다.

옥정   날개 달린 것을 알면 여기서도 살아남기는 틀린 것 같네.

달음   나 때문에 당신까지 위험하다네. 이젠 우리 둘 다 미움
을 받는 사람이 되었어.

옥정   하늘의 사명이라면 난 괜찮다네… (하늘을 쳐다보며)
내일 저 달이 지고 해가 뜨면 모든 일이 잘되었으면 좋
겠다.

저 멀리 마을 사람들의 찾는 소리 들려온다.

달음   (걱정되어) 이제 나 혼자 찾아가 보겠소.

옥정   (담담하게) 아니오. 나도 소도에 계실 것 같은 군장님
을 보고 싶다네. (퇴장)

두 사람이 퇴장하자 무군자와 마을 사람들이 뒤이어 나타난다.

사람들	옥정아! 옥정아!
무군자	찾아야 한다. 찾아야 돼. 우리의 성산에 부정을 탄 자가 가서는 안 된다. 하늘이 노하신다.
사람들	찾아라! 하늘이 노하신다! 아무것도 보이지 않아. 조심들 해!

이때 안개가 피어오른다. 마을 사람 하나 넘어진다.
군장과 말 짐승이 나타나 마을 사람들의 모습을 멀리서 쳐다본다.

군장	발밑을 조심하라. 성산이로다. 구름이 하늘을 가려 숨기는 곳. (하늘을 쳐다보며) 하늘의 양신이 용마를 타고 내려와 옥같이 맑은 음신과 교합하는구나!

<영상> 안개가 걷히고 먹구름 사이로 다시 달빛이 나타난다.

짐승	달 속에서 잘도 놉니다. 음매!
군장	아직도 목소리 하나 제대로 못 내느냐. 이놈! 어리석은 짐승 놈이라 그것밖에 보이지 않는구나.
짐승	(반항하는 듯) 저의 날개는 언제 생깁니까?
군장	야 이놈아! 길을 내어라. 달빛이 있다 한들 밤길이 어둡구나.
짐승	누가 옵니까?

군장과 말 짐승이 쳐다보는 곳에 나타나는 달음, 옥정. 몹시도 지쳤다.

옥정   이제 달빛에 큰 구름이 손에 잡히는 것 보니 정상인가 보네. 저곳이 소도입니다. 어미와 아비가 걱정입니다. 전 이제 돌아가겠습니다.

달음   절 풀어준 대가가 무섭지 않습니까? 그냥 저와 함께 가시죠?

옥정   (맑게 웃으며) 아닙니다. 천신이 저를 지켜주실 겁니다. 조심하세요. 전 이만.

옥정, 뒤돌아서 나가고 달음, 목례로 인사하고 앞으로 나아간다.

달음   다시 만날 날 있겠지요.

소도를 향해 가는 달음, 달빛이 서서히 꺼지며 사라진다.

<사이>

군장   어허 큰 먹구름이 다시 달빛을 가리는구나. 이제 시작되려나 보다. (말 짐승에게) 이놈아 어서 빨리 크거라. 시절이 걱정이다. 이놈!

짐승, 소 울음소리를 내며 반응한다.

군장 소 소리 좀 그만 내라. 넌 이제 말이다, 이놈아!

짐승 말 되기 전에 소부터 공부하라면서요?

군장과 짐승도 퇴장한다. 그 자리에 어린 옥정이 나타난다.

어린 옥정 한없이 가벼워져 하늘은 위로 오르고, 한없이 단단해져 땅은 아래로 굳어서라.

바다는 바람에 날리며 저렇게 자유로운데. 사람은 어찌하여 저리도 무거울까.

(퇴장하며) 하나일 때 우리일 때. 그땐 몰랐다네. 겁먹은 인간들아! 욕심이, 욕망이 억겁을 만들었다네.

파도소리. (암전)

6장   무군자와 사람들

<영상> 별, 밤하늘.

마을 사람들은 옥정이를 잡아와 잡목으로 만든 벌채에 묶는다.

무군자의 신관들이 칼을 들어 지킨다. 무군자, 옥정이를 심문한다.

무군자	그놈은 대체 누구이기에 옥녀인 네가 풀어줬느냐?
옥정	옥녀는 하늘이 내린 자. 남을 이롭게 하는 사람이라고 했지 않습니까?

아비와 어미가 앞으로 나와 무릎을 꿇으며 하소연한다.

아비	자비로운 무군자님이시여. 우리 옥정이는 아무 죄가 없습니다.
어미	그놈이 옥정이를 때려눕히고 도망을 쳤습니다.
옥정	아닙니다. 제가 풀어줬습니다.
어미	(답답해하며) 옥정아. 너 왜 이러냐? 죽는다니까?

마을 사람들, 옥정을 책망한다.

사람1	옥녀가 근본도 없는 자와 내통했다.
사람2	옥녀가 우리를 배신했다.
사람들	어서 말해! 어디로 갔는지 말해.
어미	옥정아 어서 말해라. 그리고 용서를 빌자.
옥정	그 사람은 나쁜 사람이 아닙니다.
사람1	이야 벌써 넘어갔네. 갔어.
사람2	그놈이 옥정이에게 뭐라고 하고 꼬셨을까?
옥정	그 사람은 분명히 말했습니다. 땅이 흔들리다 바다가 뒤집히면 온 사람들은 서로를 미워하고 싸운다고 했어요.

담담히 있던 무군자, 갑자기 인상을 찌푸리며 화를 낸다.

무군자   그자가 나처럼 무군자라도 된다더냐?

옥정   자신은 사람을 살리려고 그것을 찾아서 여기 왔다고 했습니다.

무군자   그자가 무엇이기에 예언을 하는 거냐?

옥정   물에 빠질 때 혼미한 상태에서 꿈을 꾸었다고 했습니다.

사람들의 비웃음.

사람들   (웃음) 꼬였네. 우리 옥녀인 옥정이가 그놈에게 꼬였네, 꼬였어.

옥정   사람들이 자기 이익만을 생각할 때, 땅이 흔들리고 바다가 갈라진다고.

무군자   (말을 자르며) 그만! (하늘을 쳐다보며) 하늘이시여. 귀를 닫으시오.

신관들이 칼을 빼내 든다. 마을 사람들 놀라 엎드린다.

사람들   (무군자를 향해 빌며) 무군자님이 있어 하늘은 우리를 돌보시고 무군자님이 있어 땅은 우리에게 축복이 되었나이다. 무군자님이시여!

무군자	여긴 평화로운 곳. 우린 하늘을 공경하고 땅에 빌었다. 점점 곡식도 늘어나 배고픔을 잊었고.
사람들	님의 덕이시오!
무군자	바다는 풍요로워 아쉬움은 사라졌다.
사람들	이 모두가 무군자의 덕입니다!
무군자	그 무엇이 있어 우리들이 싸운단 말이더냐?
옥정	사람들은 욕망으로 하늘을 속이기 시작하고, 욕심은 땅을 갈라 서로 차지하기 위해 싸울 것이라고.
무군자	옥정이는 그 입을 다물라! 이 무군자가 있어 하늘에 고하고 땅에 빌어 평화로웠다. 무슨 막말이냐?

신관이 칼을 들어 옥정에게 다가간다. 어미와 아비, 놀라서 일어난다.

무군자	분명 그자는 하늘의 배반자이다. 그래, 그놈을 도대체 어디로 보냈느냐?
어미	(무군자 앞으로 나서며) 사실을 말하면 우리 옥정이는 살릴 수 있습니까?
무군자	옥정이는 우리의 자식이며 우리의 옥녀이다.
어미	(옥정에게) 어서 말해. 어디로 갔는지?
아비	옥정아! 말해! 어서. 그래야 우리가 산다고.

어미의 하소연은 울음이 되고 아비는 몸부림치며 옥정에게 호소한다.

옥정	그 사람은 일광을 따라 쇠도를 찾는다고 했습니다.
사람들	쇠도?

모두들 놀라 바닥에 앉는다. (이때 땅을 울리는 크게 난다)

소리 쿵!

무군자	큰일이다. 그놈이 우리의 신전을 찾고 있다.

이때 바람이 분다, 파도가 높아진다. 마을 사람들 긴장한다.
<영상> 파도소리 점점 강해진다.
마을 사람들 동요한다.

사람1	이놈이 벌써 소도를 찾은 걸까…
사람2	이 바람 심상치 않은데…
사람3	부정을 탄 것이야.
사람4	큰일이다. 이번 바람이 예사롭지 않은데.

동요하는 마을 사람들. 당황하는 무군자, 신관에게 사람들의 동요를
막게 한다.

| 무군자 | 걱정 마라. 동요하는 바다를 조용히 하게 하려면 제물을
바쳐야 한다. 어서 제단을 만들라. |
|---|---|

신관들이 옥정을 데리고 간다. 놀란 어미와 아비 앞으로 나선다. 이때 마을 사람들이 붙들지만, 아비는 뿌리치고 어미는 신관 앞을 막는다.

어미   옥정이는 죄는 없습니다. 무슨 죄가 있습니까? 다들 아시지 않소? 무슨 말들을 해보시오?

무군자   어서 시행하라!

마을 사람들, 어미와 아비를 붙들고 옥정은 신관에 의해 제단대에 묶여 들어온다.
어미와 아비, 절망하며 땅바닥에 쓰러진다.

무군자   오늘 밤을 지나 새벽에 첫 해가 올라오면 그때 하늘이 알려 줄 것이다.
그때 하늘의 모양을 보고 심판하리라!

무군자, 신관의 호위를 받으며 나가고 마을 사람들 어미와 아비를 데리고 나간다.

<사이>

<영상> 다시 달이 뜨자, 별빛이 내린다.

옥정, 홀로 외롭게 벌채에 묶여 있다. 옆에 나타난 어린 옥정.

옥정　　해님은 빛을 내려 온 만물을 꽃 피우시고 달님은 별빛과
　　　　함께 우리들을 쉬게 하셨다네.

어린 옥정　달님은 내게 말한다네. 욕심은 공포심 낳고, 공포심은
　　　　다시 분노를 만들어 사람들을 갈라놓는다네.

어린 옥정, 앞으로 나선다.

어린 옥정　질투와 교만, 거짓과 공포. 우리를 울게 할 것이라고 했
　　　　어. 이것을 이겨내는 것은 단 하나. 남을 이롭게 하는 것.
　　　　더불어 사는 길을 찾는 것이라네. 그래서 하나가 되는
　　　　것이라네.

어린 옥정, 옥정이 주위를 돌며 위로의 춤을 춘다.

이때 파도소리 커진다. (암전)

7장   쇠도

군장이 지켜보고 있고 달음은 수련 중이다.

달음은 마차를 만들고 있고 짐승은 풀무질로 쇠바퀴를 만든다.

군장   세상은 두 바퀴로 나아간다. 하나는 해의 광명이요, 또
하나는 달의 정기이다. 이 양과 음이 만나 조화를 펼치
니 그것이 세상이다.

짐승   아이고, 힘들어 죽겠네. 천마도 되기 전에 먼저 죽겠습
니다. (군장에게) 저는 언제 말이 됩니까?

군장   (달음에게) 저놈에게 물어봐라. 저놈의 날개가 다 자라
야 너도 천마가 될 것이 아니냐?

달음   세상을 구할 방도를 가르쳐 주십시오! 이 쇠로 무엇을
할 수 있습니까?

군장   모든 만물은 선과 악으로 나온다. 이 쇠도 마찬가지. 농
사를 짓는 농기구가 되기도 하지만 사람을 죽이는 칼이
되기도 한다.

군장, 퇴장한다.

달음   살리는 것도 죽이는 것도 사람이 선택하는 것이다?

짐승   (소 소리를 내며) 음매! 아직도 말 소리가 나오지 않아.
아이고, 힘들어.

달음	(짐승에게 투정을 하며) 말 좀 되자. 언제 되냐? 말 좀 빨리 되자.
짐승	(반항하며) 너도 어서 열심히 해. 나 역시 날개를 달고 세상에 나가고 싶다고.
달음	(다시 일을 시작하며) 그래 죽기 아니면 살기다. 아직 아무것도 모르지만⋯ 내가 세상을 살린다고 했다.

<사이>

저 멀리 제룡단에 묶여 있는 옥정이와 춤을 추는 어린 옥정이 나타난다.

옥정	저기 백운산 너머 불빛이 보인다네. 하늘이 저 땅에 쇠라는 보물을 숨겼다네.
어린 옥정	솥을 만들어 정관에 감추었고 소 울음소리로 천마를 숨겼다네. (탄식하며) 아, 더디구나, 더디구나. 그 누가 있어 천마를 타고 세상에 빛으로 나올 것인가?

<사이>

저 멀리 옥정이를 발견한 짐승. 달음에 알린다.

달음, 머리를 들어 멀리 본다. 옥정이를 발견한다.

짐승	저기 봐! 제룡단에 제물이 걸려 있네. (자세히 쳐다보다

가) 옥정인 것 같은데.

달음 (한참을 상세히 쳐다보다가) 옥정이다!

짐승 바다에 제물로 바치려나 보구나.

달음 (놀라며 장비를 던지고 나서며) 나 때문이야. 내가 가 봐야겠다.

이때 다시 나타난 군장, 달음에게

군장 간다고 네놈이 무엇을 할 수 있느냐? (짐승에게) 이놈아 넌 어서 백운산 흰 구름을 부르거라.

짐승 (심각해지며) 네, 군장님.

군장 저 멀리 바다가 심상치 않구나. 어서 서둘러야겠다.

군장과 짐승이 나가려고 하자.

달음 저도 같이 가겠습니다.

군장 (막으며) 네놈은 여기서 저기 구름이 잘 피어오르는지 보고 있거라.

짐승 음매!

군장과 짐승이 퇴장한다. 달음이만 혼자 남는다.

달음 (겨드랑이를 만지며) 어서 자라거라, 날개여. 천마를 타고 높이 날아 보자꾸나!

(암전)

8장 하늘이 보내신 자

밤새 시간이 흘러 지친 옥정. 하늘을 향해 호소한다.

옥정 날개를 달고 태어난 자가 있습니다. 그는 누구입니까?
말 좀 해주시오. 내가 정녕 무엇을 잘못했습니까? (고개
를 떨군다)

<사이>

(소리) 아기의 울음소리, 칠흑같이 어두운 밤바다.
아기를 태운 배, 어린 옥정과 함께 나타난다.

(목소리)
아이고 큰일이요!
아이의 겨드랑이를 봐요.
닭 벼슬이더냐, 꿩 날개더냐.
아니야. 용의 비늘 같소?.

날개다!

사람에게 날개가 붙으면 큰 장수가 된다네.

아니다 역적이 된다.

죽여라. 후환을 만들지 마라.

배를 타고 아가가 강보에 싸여 홀로 무대로 나타난다. 어린 옥정이 배를 따라 같이 앞으로 나온다.

부분무대 저 멀리서 배를 떠나보낸 아기의 어미. 울음소리와 함께 소리친다.

아기의 어미 잘 가거라 아이야. 이 어미가 할 수 있는 일은 이것뿐이다.

아기야 내 아기야 이제 하늘에게 널 다시 맡긴다. 살고 죽는 건 저 하늘이시다.

하늘이시여 내 아이를 부디 받아주시오.

작은 배가 실려 떠나가는 아기. 울음소리 깊어진다.

찬바람이 분다. 이때 등장하는 코러스와 배우들.

<구음소리>

<사이>

군장과 짐승이 나타나 제룡단에 묶여 있는 옥정을 풀어준다.

군장 어서 가자!

옥정 내가 무엇을 할 수 있습니까?

군장 놀라지 마라. 옥정아! 너의 기운을 합쳐야 세상을 구하는 자, 날개를 펼칠 것이다!

짐승은 지친 옥정을 둘러매고 군장을 따라 퇴장하면 무대 전면으로 코러스와 사람들 들어오며 노래한다. 여전히 아기장수가 탄 배는 어린 옥정이와 함께 떠돈다.

1.

옥황상제의 딸 옥녀가 내려와 베틀을 놓았다네.

작은 배 하나 목선을 타고 잔고기를 잡았으나 그때는 웃었다네.

해초나 캐어 먹고 살았으나 웃었다네.

서로를 믿고 서로에 정직하고 그렇게 세상은 정의로워라.

<배>

어린 옥정 아가야. 감지 마라. 아가야. 눈을 떠야 한다. 그리고 세상을 바르게 보아라. 날개가 펼쳐지는 날. 새 세상이 열리는구나.

어느 날 우리의 탐욕은 땅을 더럽히고.

바다를 울게 하고 하늘에 올라 검은 구름 만들었네.

검은 안개 속에 피어오른 용솟음 이무기를 만들었네.

<사이>

무군자와 신관들이 나타나며 옥정이 사라진 제룡단에 제사를 올린다.

무군자 바다의 용신을 불러내 바다를 잠재울 것이다. 용왕이시여! 바다를 잠재워 우리를 구하소서!

2.

베틀로 수놓은 산, 뼈가 되고 하천은 피가 되어 흘렀다네

희망의 열매 먹고 살았으니 여기는 약속의 땅

바람은 부드러워 숨결처럼 따스하고

서로에 겸손하고 서로에 고마워하니 산천의 만발한 꽃

아름다워라

어느 날 북풍의 차디찬 바람은 얼어가고

사람들은 탐욕으로 텅 빈 가슴을 메워갔다네

검은 구름 속에 피어오른 인간들 절망 속을 헤맨다네

사나운 마을 사람들 나타난다. 서로 엉켜 뺏고 싸운다.

사람들   내놔! 왜? 내 것이야… 내가 살아야 한다. 내가 먼저 살아야 한다… 죽어라. 내 것이야.

땅거죽에 금을 그어라! 내 것이다. 넘어오지 말라!

내 땅이다. 넘어오지 말라!

사람들의 모습이 포악하게 변해간다. 서로의 금을 긋기 시작하며 갈라지는 사람들.

사람들 무기를 들기 시작하자 놀란 사람들 서로 살기 위해 뛰어나가다 부딪치며 넘어진다.

어두워지며, 이때 폭풍우가 친다. 아기장수의 배 지나간다.

어린 옥정   한두 해 내리 가뭄이 왔고, 내리 두 해는 수해가 겹치는데도 어리석은 인간은 이유를 알지 못한다네. (싸우는 사람들을 쳐다보며) 하늘 두려운 줄 몰랐구나. 차가운 바람에 몸은 얼기 시작했고 나뭇가지마다 고드름이 맺히자, 사람들은 변해간다네.

아기장수 배와 함께 어린 옥정 퇴장한다.

<영상> 땅이 갈라지며 폭풍우가 몰려온다.

싸우는 사람들 사이로 무군자, 무기를 든 신관들과 함께 나타난다. 사

람들을 위협하고 놀라 물러서는 사람들.

무군자 (분노하며) 넉넉한 대지가 사라지니 앉아서 죽을 수
없다. 이놈의 세상. 크게 한번 뒤집어져야 살아남은 사
람들이, 천손의 자손이 무군자의 위대함을 칭송하게
되리라. 대지를 갈라 내장까지 꺼내어 악업의 무기를
들리라!

신관의 무리들, 무기를 들고 사람들을 점점 압박한다.
무서워 도망가는 사람들. 소리치며 서로 살려고 달아난다.

아비 불구덩이로 몰아간다! 어서 피해… 어서 피하라고.
어미 옥정이 아비요! 어서 피하시오!
어미 (넘어지며 비명소리) 옥정이 아비요. 옥정아! 날 살리
시오!
아비 내 손 잡아! 어서! (암전)

<사이> 어둠 속에 목소리만 들린다.

사람들 아무것도 보이지 않아. 햇빛도 달과 별도 사라진 것인
가?
어미 옥정이 아비시오? 어디 있소?
아비 나 여기 있다. 내 목소리 안 들리시나?

어미	아무것도 보이지 않아. 내가 눈을 감은 것인가?
아비	조심해! 사람들을 믿지 마!
어미	사람들이 이상해. 무서워요. 사람들이 무섭다니까?
사람들	빛을 내리시어 우리를 밝혀주시오!
	아무것도 보이지 않습니다. 무섭습니다.
	검은 어둠 속에 불도 피워지지 않습니다.

사람들 혼돈 속에 빠져 헤어나지 못한다.

부분조명 아래 어린 옥정, 나타나 사람들에게 예언을 전한다.

어린 옥정	꿀을 따며 열매를 따던 저 손은 피가 흐르기 시작했다
	네. 이 친구 저 친구 하나가 되지 못하고 아비는 이웃의
	손을 뿌리치고 형제들은 서로 먼저 죽길 바란다네. 누가
	이 세상을 구할 것인가?

점점 조명 밝아지면 무군자와 신관들의 칼춤은 더욱 사나워진다.

절망한 사람들 함께 모여 구원 팔을 든다.

9장　철마장군을 불러라

이때 조명이 더욱더 밝아진다.

천천히 다가오는 군장의 무리들.

장군의 갑옷을 입은 달음이 말 짐승을 앞세워 나타나고, 그 뒤로 군장
이 옥정과 함께 등장한다.

달음   난 보았다. 살기 위해 자식은 병든 어미의 손을 뿌리치
          고 형제들은 서로를 원망하고.
옥정   아끼고 사랑하는 마음이 인간을 떠나면, 하늘도 땅도
          인간을 버리지 않겠는가?

하늘을 향해 절하기 위해 무릎을 꿇은 달음.

달음   하늘이시여, 하늘이 주신 사명이라 하지만 이 작고 움츠
          린 날개를 어찌해야 펼 수 있습니까?
군장   옥정아! 날개를 펼치는 기운은 바로 너다.

옥정도 무릎을 꿇는다.

옥정   저는 작은 여자일 뿐. 제가 무엇을 할 수 있습니까?
군장   너는 천신 옥녀의 후손이다. 바로 너의 사명인 것이다.
          (고함치며) 달음에게 천기를 전하라!

이때 음악 흐르고, 양의 기운인 달음과 음의 기운인 옥정의 음양 합덕
식이 거행된다.
달음을 중심으로 옥정은 둥근 원을 그리며 다가가고 그만큼 달음은

칼을 들며 일어선다.

말 짐승은 흥분하며 소 울음소리에서 말 울음소리로 변하며 수레를 끌어 달음에게 다가간다.

군장   천명을 받은 자, 가장 일찍 일어나 가장 늦게 자며 사람들을 위해 자신을 아끼지 않으리.

달음   천명을 받은 자. 나를 바치리오!

군장   덕성을 세워 인간의 도리를 추구하는 자. 스스로를 깨달아 남을 위해 의로운 일에 조금도 지체하지 않는다. 그를 군장이라고 하며 지도자라 한다.

달음   무엇을 하오리까?

옥정   무엇을 하오리까?

달음, 일어나며 옥정이와 함께 소리친다.

달음, 옥정   하늘이시여!

이때 하늘의 소리와 땅이 갈라지는 소리 들려온다.

마을 사람들과 무군자의 무리들 놀라 긴장하며 한 곳을 응시한다.

달음과 옥정을 앞세운 군장의 무리가 나타나자,

무군자와 신관들, 움직임으로 자신들의 형체를 들어낸다.

형상이 기묘하다. 모이면 이무기요 흩어지면 용의 하나하나 마디의 비늘이다.

마을 사람들, 이무기로 변한 무군자의 무리들을 보자 크게 놀라 소리 친다.

사람들 이 소리가 무슨 소리야? 사방천지가 하늘과 땅이 부딪 치는 소리 같아.
온 세상이 부딪친다. 바다가 갈라진다!

짐승, 이제 완전한 말 형상이 되어 수레를 끌고 온다. 수레에는 큰 칼이 실려 있다.

짐승 이제 저에게 날개를 주십시오. 없다면 차라리 저는 개나 돼지나 되겠습니다.

옥정 (소리치며) 쇠가 칼이 되었습니다.

군장 숨겨둔 사명! 쇠의 사명은 선의 기운이며 농사도 짓지 만, 악의 무기가 되어 남의 것을 빼앗고 해치게 된다. 그 래서 이렇게 숨겨둔 것이다.

말 짐승은 마차를 달음에게 다가가며 큰 칼을 보여준다.

달음 이 칼로 무엇을 하오리까?

군장 인간이 이 땅의 종기가 되고 말았다. 더 이상 손 쓸 수 없는 종기. 종기 때문에 온전한 곳까지 썩을 위험이 있 다면 칼로 도려내야 하지 않겠는가?

넌 우리의 새로운 지도자다.

달음, 마차에 타며 큰 칼을 든다. 이때 놀란 옥정이.

옥정   그럼 사람을 베어야 합니까?
달음   사람을 해칠 순 없습니다.
군장   아니다. 욕망으로 썩어가는 정신을 베어야 한다.

말 짐승이 이끄는 마차를 타고 큰 칼을 든 달음과 옥정이 무서워 떨고 있는 사람들 앞으로 나타난다.
무군자와 이무기의 무리들이 흥분하며 소용돌이를 만든다.

사람들   바람이 분다. 바람이 분다.
    파도가 친다. 파도가 친다. 하늘을 봐!
    시커먼 먹구름이 하늘 전체를 암흑으로 뒤덮고 있어. 무
    군자님이시여! 어찌 하오리까?
무군자   하늘이 두렵다면 이 무군자에게 빌어라! 땅이 무섭다면
    나를 따르라. 이제 보게 될 것이야! 땅이 갈라지고 용솟
    음치는 바다를…
    용오름이 솟구친다. 용이 운다!

10장 지도자의 길-폭풍우 이무기와 싸우는 철마장군

큰 바람소리와 파도소리로 혼돈에 빠진다.

무군자의 무리들 모이면 이무기의 형상이 되고 각각 흩어지면 용 비늘 되어 소용돌이를 만든다. 마을 사람들은 소용돌이에 빠진 듯 헤어나지 못하고 무리들 사이 이리 치이고 저리 치이며 고통 속에 빠진다.

<무대 형상>

마을 사람들이 가져온 천들이 바람이 날려 점점 불어난다. 이 천들이 파도가 되어 펼쳐져 요동친다. 사람들의 비명소리. 파도소리, 바람소리가 혼재되어 시끄럽다.

바다가 놀란 것처럼 요동치자 해일이 일어나면서

<노래>

하늘이시여 울지 마소서 우리들은 무엇에 빌어야 하나.

땅이시여 떨지 마소서 무엇을 믿고 살아야 하나.

바다시여 움직이지 마소서 아무것도 할 수 없나이다.

무군자 (소리치며) 울지 마라! 난 용이다. 이 무군자에게 충성하고 나를 믿으라!

일렁이는 하늘, 갈라지는 땅속 먹구름이 피어오르고

울부짖는 파도 용솟음 바닷물 검은 안개 솟아오르면

우리네 만물들이 미쳐간다네 혼돈에 빠져 미쳐간다네

사람들   용이 아니다, 이무기다.
우리를 살리시오! 우리의 지도자는 누구인가? 우리는 누구를 찾아야 하는가?

이때 땅이 우는 소리. 갈라진다. 절망 속에 울부짖는 사람들.

놀란 물고기들 땅으로 도망가고
동물은 사나워져 바다에 뛰어들고
새들은 날개 젖어 물고기가 되었다네

큰 말 울음소리와 함께 혼돈의 중심으로 들어가는 달음의 마차.

옥정   장군이시여. 어서 세상을 구하시오!
달음   군장이 만든 쇠! 철마를 타고 나의 날개를 펼치리라! 어서 울어라 철마여!

바다여 울지 마라 파도여 멈추어라
이무기 용솟음 타고 오르면 무엇으로 살아남아야 하나
도망갈 곳 어디메뇨 어디로 가야 하나
땅속으로 사라지면 원망의 울부짖음 땅을 울리네
하늘의 자손이라 먹구름에 맹세하니

제발 제발 잠재워 주소서

대자연의 신이시여 우리네 죄악이여 용서하소서

<안무 형상>

1. 파도 사이로 육지와 바다의 생물들이 서로 충돌한다.

놀란 물고기들은 나뭇가지 사이에서 헤엄치고 온순한 양들이 놀던 벌
판은 사나운 물개들이 뛰어다녔고, 늑대들은 양 사이로 헤엄치고 물
속은 멧돼지의 힘도 사슴의 재빠름도 아무런 소용이 없다. 새들은 앉
아 쉴 곳이 없기 때문에 날다가 지쳐 물속에 떨어졌다.

2. 사람들도 혼돈을 이기지 못하고 충돌하며 싸운다.

사람들은 불안에 떨며 사나워지기 시작했지. 서로를 믿지 못하고 미
워하며 화를 내며 이제까지의 웃음은 사라져 갔어. 질투, 원한, 복수,
반복되는 싸움… 죄악은 홍수처럼 넘쳐흐르고 사악한 욕심들이 우리
를 더욱더 악하게 했지. 용이 되지 못한 이무기의 난동은 우리 모두를
꼼짝 못 하게 했어.

3. 살아남기 위해 남을 밟고 물에 빠트리고 도망간다.

사람은 무서움으로 사랑도 사라졌고 모두들 자기 살길을 찾아 도망을
갔지. 땅은 살육의 피로 붉게 물들자 하나둘 그곳을 떠나 도망을 치고
대자연의 신들도 우리에게서 떠나갔다.

옥정　하늘이시여! 사람들을 구하소서!

달음　하늘이시여! 이 쇠칼에 정의를 담아주소서!

달음이 소리치며 칼로 이무기를 베어나간다.

무군자의 이무기는 철마장군의 칼에 의해 토막 나며 사라진다.

파도는 잔잔해진다. (암전)

에필로그

신영   할아버지, 왜 용이 아니라 이무기가 나타났어?

할아버지   인생은 아름답고 역사는 발전한다. 언제나 선과 악은 함께 있는 법이란다. 용이 될 수도 있고 이무기도 될 수 있다. 우리의 선택일 뿐! 우리들이 욕심으로 넘칠 때마다 쟁기가 칼이 되고 용이 이무기가 되었을 뿐…

신영   할아버지… 달음은 훌륭한 군장이 되었겠다, 그죠?

할아버지   그럼. 기장! 옥황상제의 딸, 옥녀가 내려와 하늘의 기운을 널리 펼친 곳! (앞으로 나서며) 우리의 지도자는 말이야.

마을 사람들 마차를 끌고 등장하며

사람1   남을 잘되게 하라!

사람2   널리 인간을 이롭게 하라.

사람3   그것이 지도자가 가야 하는 길이니라…

모두   우리에게 남아 있는 거짓과 욕망을 깨부수고 희망을 찾고자 할 때! 언제나 다시 철마장군은 부활한다!

<영상> 날개 달린 천마를 탄 달음, 옥정을 태우고 하늘로 사라진다.

사람들1	하나의 바퀴는 해님이시고.
사람들2	또 하나는 달님.
사람들	돌고 돌아가는 이것은 차다. 누가 이 차를 이끌 것인가? 우리의 땅, 차성! 옥녀가 내려와 씨줄 날줄로 만드신 약속의 땅!
사람들	차성, 기장에 철마장군을 불러라!

<노래> 우리 모두 하나다.

무용수들 평화로운 춤이 펼쳐진다.

끝.

명정의숙

프롤로그

기장 장관청 회화나무 (영상)

환자복의 할머니, 힘든 모습으로 천천히 나무 아래로 들어온다.

중얼거리는 노랫소리 <명정의숙 교가>다.

할머니, 나무 아래 오자 보따리를 풀어 검은 두루마기를 입고 춤을 춘다.

구부러진 허리마냥 춤은 느리면서도 자유롭다.

노랫소리가 끝나자, 회한이 깊은 목소리로…

할머니   나무야! 장관청 회화나무야! 넌 봤잖아? 분명히… 왜 말 못하노? 누가 뭐라 카더나? 나처럼 벙어리가 되라 카더나?

할머니, 주머니에서 뭔가를 꺼낸다. 기억의 산물. 박세현의 편지.

할머니   밥이 목구멍을 넘어가지 않는다. 밤 자리에 누워 잠을 자려고 해도 잠을 이루기가 어렵다. 먼저 보낸 이들 그리워하는 내 마음은 항상 뜨겁기만 한데 하늘은 여전히 대수롭지 않게 무심하고 떠난 이들은 아무 말 없으니 내 어찌 안타까운 일이 아니더냐.

편지를 읽다가 가슴이 메여 와 마른 눈물을 훔치는 할머니. 나무를

향해

할머니 내 나이 90여 년 세월, 늙어 주름살이 골마다 패였으나 당신이 가시는 그날 모습은 젊음 그대로입니다. 선생님. 박세현 교장선생님.

철장 감옥 소리. 부분 조명 들어오면
감옥 속에 있던 박 선생 나타난다. 고문을 당해 힘없고 쇠약하다.

박세현 내 나이 스물, 청춘이 아니더냐. 그때 난 죽었다. 나의 학생들. 아리따운 모습이 눈앞에 삼삼하고, 웃으면서 지껄이던 고운 목소리. 아직도 내 귀에 쟁쟁하게 울리는구나.
함께 꿈꾸었던 꿈. 다하지 못하고 떠나니 그것이 원망스럽다. (힘들게 일어나며) 여기 감옥 창문은 너무 작아서, 하늘도 작아지고… 이 안타까운 심정, 고개를 들어 하늘에 물었으나 무심한 하늘은 여전히 대답이 없다.

서서히 부분조명 아웃되며 박 선생, 사라진다.
할머니, 그리움에 아쉬워한다.

할머니 땅에 물었으나 땅 역시 덤덤하기만 할 뿐 대답이 없구나.

하지만 잊지 마라… 너희들은 살아남아 꼭 보거라. 해
방의 그날… 내 그날 저승에서 너희들과 함께 춤추리라.
교장 박세현 나의 제자들에게.

편지를 접는 할머니.

할머니 (회상하며) 배운 자의 책임! 가진 자의 의무! … 선생님
의 말씀을 따라가고자 했던 지난 나의 청춘의 시간들…

할머니, 울컥하며 도포 자루를 벗는다.

할머니 선생님은 그렇게 가셨습니다. (하늘을 보곤) 속절없이
많은 시간이 흘러 모든 것을 잊고자 했으나 유일하게
살아 있는 것은 그때 명정의숙 학교 때 기억… 뿐입니
다… 선생님 (힘없이 쓰려질 듯) 인자 나도 가요… 가면
만날 수 있겠죠? 선생님!

할머니, 도포를 나뭇가지에 걸고 천천히 그 아래 눕는다. (암전)

<소리> 어둠 속에 앰블런스 소리 점점 높아진다.

1장   조용한 장례식

검은 도포 자루 걸려 있고 그 아래 간단한 제사상이 있는 장례식장.

할머니의 손자, 권용해 홀로 있다.

상조회사 직원이 들어온다. 장례복을 전달한다.

직원   (혼잣말로) 아따 신기하제. 구십 도 넘은 할무이가 장관
청까지 그 몸으로 우찌 갔지? (용해를 보곤) 장관청 회
화나무 아래서 발견됐다고 하시대요. 꼭 거기서 돌아가
시야 했던 기가? 염을 하는데 그 연세에 참 곱고 깨끗하
시다 하대요. 구십오 세면 호상이다. 호상이야.

용해에게 장례 옷을 전달한다. 용해 천천히 입는다.

직원   장례복 주문하이소. 남자 여자 딱 구분해가지고 몇 벌…
아이들 것도 해서… 얼매나 가져올까요?

용해   …

직원   장례복 더 필요 없어요?

용해   네, 없습니다. 상주는 저 혼잡니다.

직원   친척도 없나?… 국화꽃은 150짜리, 100짜리 있는데 마
100만 원짜리로 하소. 별 차이 안 나거든.

용해   더 싼 것 없습니까?

직원   아따 그 밑으로는 볼품이 없다고… 국화 몇 송이 안 돼

서 때깔도 안 나고.

용해 (바닥에 앉는다) …

직원 그라면 30짜리로 하소… 3일장 할 긴가 5일장 할 긴가 정하시고, 매장할 겁니까? 화장할 겁니까? 화장할려면 미리 예약해야 되거든… 화장장도 밀리 가지고 저승 가는 길도 줄 서야 된다. (눈치 살피다) 매장 안 할려면 납골당은 내가 좋은 데 소개할게요. 풍수 다 따지가 경치도 좋고 새로 생긴 데로…

용해 (주머니에서 뭔가를 꺼내 본다. 할머니의 편지다.)

직원 (반응이 없자) 조문 상 차릴라면 음식은… 어째 A, B, C급이 있는데… C는 좀 미안스럽거든… 시래기국에 김치반찬 2개, 수육도 없고 떡 한 접시밖에 안 나와… 요즘은 다들 가는 마당에 잘 해가 보낸다고 국산 돼지수육 나오는 특A자로 하거든. 반찬 대여섯 가지에 떡도 특급으로 나오고. (눈치보다) 마 B급으로 하소. 수입돼지에 쪼매 허접하고 부족해도 마 괜찮다. 자 뭘로 할란교?

용해 (일어서며) 저 내일 당장 장례식 안 됩니까? 올 사람도 없고요. 연락할 데도 없습니다.

직원 친척들이 섭섭해할 긴데.

용해 연락 끊은 지 오래됐습니다. 부탁합시다. 내일 당장. 화장으로 할 거고요

직원 안 돼… 최소 3일장을 해야 돼… 화장장이 예약이 밀리가지고 당장은 어렵거든. 내 다시 올 텐게 음식이랑 발

인 날짜, 제사상 뭘로 할란가 결정해노소. (퇴장)

용해　　(안주머니에서 꺼낸 소주병 한 잔 따르고 자신도 마시고 앉는다) 할무니 진짜 가셨나?… 나 혼자네. 할머니 빈소에 올 사람 하나 없다 그자?…

참 외롭게 살았다. …손주라는 놈이 해줄 게 별것 없네. 미안하다 할매야!

<사이>

소주를 다 비울 즈음, 한 노파가 나타난다. 귀티가 나며 세련된 복장이다. 오자마자 바닥에 쓰러지며 통곡한다.

노파　　아이고 아씨, 말도 없이… 그새 못 참고 가십니까?… 내가 무심했다… 내가 직일 년이다… 아씨요… 이리 가시면 섭섭해서 우짜는교? 아이고 하늘도 무심하지… 이리 외로이 가게 하시나?

(수건을 꺼내 눈물을 닦으며) 참 무심한 사람. 평생 도도하시더만 가실 때 성품대로 가시뿌네. (일어나서 용해를 보며) 봐라. 물 좀 도고… 참말로 요양원에서 연락 안 했으면 모를 뻔했다.

용해　　누구신지? 잘못 알고 오신 것?…

노파　　니가 용해가?… 많이 닮았네… 할부지. 어서 물 좀 도고…

용해　　저를 아십니까?

노파   (주위를 둘러보다가) 뭐씨 아직 준비도 안 돼 있노? 장
례식장이 이기 뭐꼬? 국화꽃도 없고. (큰 목소리로 소리
치며) 어이 상조! 여기 상조 직원 없나?

용해   우리 할무니하고는 우찌 아시는데요?

노파   (용해 말은 듣지도 않고 전화를 걸며) 구 씨 아제인교?
뭐 한다고 늦게 받노. 천줄 할매 돌아가싰다. (울먹이며)
퍼뜩 온나?… 그라고 다들 연락해라 알았제?… 그래…
오늘 새벽에… 장관청 회화나무 아래에서… 몰라… 그
몸으로 우찌 그를 가서 돌아가셨을까?… 퍼뜩 온나…
그래 (전화 끊고 용해에게) 상조 직원 안 왔더나?

용해   왔다 갔습니다.

노파   그래? 단디 주문 다 하고 했제?

용해   …아직.

노파   뭐 했더노?… 맞다. 잘 몰라서 그랬겠지. (나가며) 내가
다 처리하꾸마. 상조! (나간다)

<사이>

한꺼번에 문상 오는 사람들.

들어서자마자 용해를 무시하고 각자 절하고 향 올리고 알아서 한다.

무너지듯 쓰러지며 대성통곡하는 사람도 있다.

사람들   아이고 아씨, 말도 없이… 그새 못 참고 가십니까?… 내

가 무심했다… 내가 직일 년이다… 아씨요… 이리 가시
면 섭섭해서 우짜는교? 아이고 하늘도 무심하지… 이리
외로이 가게 하시나?

한껏 울고 난 후 서로 인사한다. 다들 아는 사이이다.

사람1   우리가 이리 모인 게 참 오랜만이다 그자?
사람2   다들 잘 살았지요? 우리가 참 무심했다.

노파가 상복을 가져온다.

노파   아씨가 다들 모닸다. 어서 오니라. (상복을 주며) 상주
가 자 용해밖에 없으니 너거도 입어라.
용해   도대체 당신들은 누구십니까? 우리 할무니하고 우찌 되
십니까?

다들 침묵한다. 이때 경쾌한 노랫소리 전화벨 울린다.

노파   (전화 받자 화를 내며) 상조가 인자 전화하면 우짜는
데… 뭐라 카노? 돌아가신 분이 누군 줄 알고 너거 그라
노? 천줄 할매를 그리 보내 드리면 안 된다고… 100만
원짜리로 하고… 음식은 특A로 다 해라… 뭐라꼬? 올
사람 없다고 했다고? (용해 얼굴을 보고는) 그래도 정

	식으로 할 건 다 해라. 납골당도 최고로 좋은 데로 알아
	봐 주고. …돈? 걱정 말고 우리가 알아서 다 해줄 텐게.
노파	(전화를 끊으며) 권씨 집안은 기장 최고의 명문 가문 아
	니가!
사람1	맞지. 이리 초라하게 보내면 안 된다. 근데 기장으로 모
	시야 안 되겠나?
사람2	그 동네 모실 데가 있나?
사람1	아씨가 거기 가고 싶어 안 할 긴데.
노파	아이다. 아씨… 장관청에서 발견됐단다.
사람1	아이고, 그래도 돌아가실 때는 잊지 않고 찾아가시네.
노파	세월이 많이 흘렀다 아니가?
용해	장관청이 뭐 하는 데입니까? 와 할머니가 거기에 찾아
	가서 돌아가셨지예?

용해 말을 무시하곤

노파	기장, 고향으로는 절대 안 오신다 카더만은.
사람1	할마시 얼매나 그리웠으면 마지막 가는 곳으로 장관청
	으로 택했을꼬. …마 뭐가 좋다고… (다시 운다)
사람2	징역 살다가 감옥 속에서 나온 뒤로 두 번 다시 기장 쪽
	으론 안 보고 사셨다.
사람1	얼매나 가슴이 아팠으면… 그 후론 입을 꼭 다물고 벙
	어리처럼 사신 기지.

용해 놀란다. 주위 사람들 놀라며 입을 가린다.

노파　마 다들 입 안 다무나?

용해　감옥이라고요? 우리 할머니가 감옥살이도 했다고요? 와요? 뭔 죄를 지었다고?… 그리고 처음부터 벙어리가 아니라 일부로 입을 다물고 사셨다고요?

긴 침묵.

사람1　니가 용해제? 외손지다, 그자? 반갑다.

사람들, 서로 위로하며 용해를 안고 위로하며 운다.

사람1　이리 초라하게 가게 하시면 안 되는 기다 이 말이야.

사람2　너거 할머니는 최고 명문가의 자손이다. 권씨 집안 어르신들이 대단했제.

사람1　옛날에 너거 집안 권씨 어른이 기장 사람 살렸다. 기장 사람들 다 죽어갈 때.

사람2　고때가… 가뭄으로 한 5년간 기장 사람들 다 굶어 죽어 나자빠졌다 안 하더나?

노파　임금한테 상소할 기라고 기장서 한양까지… 밥이나 제대로 자셨겠나? 참으로 대단하시다.

사람1	기장서 서울까지 걸어서 갔으니까 얼매나 걸리겠노? 한 달은 걸어가겠제? 굶어 가민서.
사람2	언놈이 나서겄나. 지 묵고 살기 바쁜데… 그런데 권 진 사님은 한 달을 걸어서 갔다 말이제? (조명 전환)

2장　기장을 살린 권씨 집안

이때 나타나는 도끼를 들고 상소문을 올리는 선비 차림의 권 진사

권 진사	살리시요! 살리시요! (머리를 풀고) 갱상도 기장에서 올 라온 유학을 공부한 자. 신, 권 진사. 삼가 주상 전하께 (무릎을 꿇으며) 엎드려 아룁니다.
사람들	(곡소리) 하늘이시여! 저 무지막지한 햇빛을 거두시고 비를 내리시여!
권 진사	제가 사는 기장 갯마을은 5년에 걸쳐 가뭄으로 대흉년 을 만나 백성 1만여 명이 굶어 죽고, 실낱같은 목숨을 보전하기조차 어렵게 되었나이다. 이 이상 더 보고만 있 을 수 없어 죽음을 무릅쓰고 천 리 길을 걸어와 주상 전 하께 피눈물로 호소드리는 바입니다.

이때 조문객들이 울음소리 내며 연기한다.

사람1   이 망할 놈에 가뭄에 씨는 뿌려 소용없고.

사람2   만날천날 나무껍질 벗겨 먹고, 풀뿌리 칡뿌리 캐어 연명
            했으나 이것마저도 없다네.

사람3   아이고 배야… 짠 해조류를 처먹어 콩팥이 돌덩이가 되
            어 퉁퉁 부었다네. 물!

사람1   이 버림받은 땅. 우물물 마른 지 오래요.

아이   엄마… 물! (죽어 쓰러진다)

엄마   재똥아!…

사람들   (쓰러지며) 엄마! 여보!

권 진사 아비가 자식을 보전하지 못하고 지아비가 아내를 구할
            바 없어 굶어 죽어가는 자 수백이요. 괴질에 걸려 죽은
            자 수천이니. 죽은 시체를 치울 사람도 없어 시체 썩는
            냄새가 온 동네를 뒤덮으니 작은 마을이 텅 비었나이다.
            살리시오! 기장 백성들을 굽어살피시어 통촉하시옵소
            서! (암전)

조문객들 (일어나며) 염라대왕께 갈지언정 기장 땅은 밟지 말라!

            파도 소리.
            다시 장례식장.

사람1   너거 외가 권 진사 집안이라 하면 기장 최고의 명문가
            아니가.

노파	그때 너거 고조할아버지 아니었으면 기장 사람 씨 다 말 랐다.
사람2	권 진사가 그때 구휼미를 받아 와가지고 다 나누어줬다 안 카더나.
용해	(퉁명스럽게) 명문 집안인데 지금은 친척 하나 연락하 는 사람 없고… 이리 외롭게 살았습니까?
노파	고마해라… (들어오는 구씨를 보며) 마 니가 늦게 오면 안 되지.

이때 화환을 들고 오는 초라한 차림의 구씨, 바로 엎드린다.

구만출	아이고 아씨! 이리 가시면 우짭니까?
노파	퍼뜩 안 오고 뭐 했더노? 니가 제일 먼저 와서 일 봐야 안 되나?
구만출	(절을 하다가 복받쳐 오르는지 통곡하며) 미안합니다, 아씨! 참말로 미안합니다. 먹고 사는 기 뭐라꼬 아씨 한 분 챙기드리지도 못하고… 진짜로 이거는 아닙니다. 아 씨가, 아씨 집안이 뭐 큰 죄를 지었다고… 이건 아니라 고요. 세상이… 아씨의 공덕을 잊자 묵고 막 살아간다 캐도, 세상이 이라면 안 되는 거 아닙니까?

갑자기 사람들 공감되어 다들 엎드려 통곡하며 운다.

노파	아씨가 뭘 잘못했다고 이렇게 길바닥에서 죽어가야 한단 말입니까?
사람2	억울합니다. 분하고 원통합니다.
구만출	눈이 있어도 감았고 귀가 있어도 막았습니다. 입술을 깨물고 말하고 싶어도 말 못한 세월… 우리는 다 압니다.
사람1	아씨의 세월을… 세상이 이리도 무심하면 안 되지요.
모두	억울하고 원통합니다. 아씨!
용해	(갑자기 고함치며) 뭔 소립니까? 아무것도 모르는 소리를 해 싸고… 제발 아는 소리를 하소 마… 당신들은 도대체 누구냐고요?

<사이>

침묵하는 사람들.

노파	우리? 너거 할무니하고 같은 고향, 기장 출신 사람들이다.
용해	그런데요? 우리 집안하고 뭔 인연인데요? 우리 집안이 뭐가 그리 대단하다 말입니까?
사람1	여기 사람들… 우리는 자부심 하나로 살아온 사람들이다. 너거 벙어리 할머니처럼… 말은 안 하고 살았지만. 자부심! 역사를 만든 사람들 후손이라는… 그것 하나로 인내하며 참으며…

사람2 기장 사람들이 얼마나 독하게 했냐 하면 너거 외할아버지 권씨 집안을 중심으로 함께 역사를 만든 사람들이다. 잘 들어라.

구만출 한양에서 멀리 떨어진 유배지고 촌구석이라 캐도 기장 사람들이 만든 대단한 마을이었다. 전통! 자부심! 고장을 지키고자 했던 역사를 만든 사람들! (암전)

<소리> 신임 기장 현감님의 취임사가 있겠습니다. 모두 부복!

3장 탐관오리 이영기 현감이 오다

요란스런 축하 음악과 함께 등장하는 신임 현감.
현감, 글을 잘 모르는지 더듬거리며 연설문을 읽는다.

이 현감 (종이를 꺼내 읽으며) 에… 그러니까… 본관은 금상의 영을 받드는? 받들어? 금상의 영… 그래 금상 알지?… 임금… 왕!
그러니까 이 새 사또는 임금님의 어명을 받드는 존엄한 사람이다 이 말이지. 따라서 내가 내린 명령은 임금님이 내린 어명과도 같아서 한 치도 어김없이 내 말을 따라야 한다. 알겠느냐? 내 말을 안 들으면 뭐다?… 역적!…이다 이 말이지. 알았제? 끝. 백성들아 잘 모시자! (퇴장)

들어오는 시장 사람들

여인1 소문 들었나?

여인2 뭔 소문?

여인1 신임 현감 (귓속말로) 기장장에 온 상인들의 말로는 울산 바닥에 소문난 건달 출신이라고 안 하나.

여인2 크게 말해도 된다. 그런 인간이 우짜다가 현감 자리를 차지했노?

여인1 다 돈으로 벼슬자리 산 기지.

구 부인, 들어오며

구 부인 노름판 꾸리가 챙기고, 색씨집도 하나 하고… 소시장 고리대금도 하고… 민비 민씨 집안에 줄 대가지고 한자리 떡 잡아 온 기, 여기 기장 현감 자리라 안 카나.

이때 생선을 담은 그물을 가지고 들어오는 어부 구만출.

구만출 이 여편네가 입조심 안 하고… 주둥아리가 칼보다 무서운 것 모르나?

구 부인 내가 캤나. 모든 사람들이 다 씨부리는데… 기장 바닥 소문 다 났다고.

구만출 주둥아리 칵 마!

구 부인 (울먹이며) 만날 천날 여자라고 무시하고. 와 여자는 귀
도 입도 없나? (달라들며) 지 박아라! 자 때리라!

구만출 니 미쳤나? 세상이 망조가 들드마는. 여자가 어디 서방
님한테 달라드노?

구씨, 부인을 때리려고 한다. 사람들 구 씨를 두들기며

여인1 구씨 아재요? 여자도 말 좀 하고 살면 안 되나?

구 부인 와 여자들은 만날 남자한테 맞고 살아야 되노?

여인2 여자로 태어난 기 죄가? 궁궐에선 민씨 왕비가 임금보
다 더 씬 것도 모르나?

여인2 민비가 다 해쳐 묵는다 안 카더나?

구 부인 민비 집안에 왕창 돈 갔다주가 저리 현감 자리 사가지
고도 오는데. 당신은 뭐 했더노?

구만출 이기 마! 오늘 이 동네 여편네들이 단체로 썩은 칼치 대
가리를 잘못 묵나?

얼척 없어 하는 구씨, 말문이 막힌다. 신난 여자들.

여인들 맞다. 여자가 뭐 죄짓나? 시키만 주면 남자보다 잘 할란
가 모른다. 돈만 있으면 나도 현감 한번 해볼 긴데. 어
흠. (모두들 웃음)

여인3   쉿! 뭐시 온다. 아전이다.

이때 들어오는 아전. 나가려고 피하는 사람들.

아전   내 욕하나? 뭔 말들 하는데 내 오니까 주둥아리 쏙 들어
가노?

여인들   …

아전   (한숨 쉬며) 와 아전 강상만이 내 팔자 여기서 찌그리
지나.

사람들 관심을 가지며

여인1   와요?

아전   내 아전 짓거리 수년 만에 이런 족보도 없는 새끼는 처
음이다.

구만출   울산 건달 출신이라던데 소문이 맞는가배?

아전   벌씨로 다 아나? (주위 눈치를 보곤) 있제 이 현감이 장
바닥에서 굴러먹던 가락이 있어 그런가 눈치가 얼매나
빠른지 돈 생기는 구멍을 고때 고때 찾아내는데… 인자
우리 아전들도 혀를 두른다고. 육방관속들을 무슨 지
돈 깔꼬리로 아는지 세금 만들어 오라고 지랄을 하는데
내 더러워서.

구만출   기장 땅 뭐 물 기 있다고.

262

아전	내도 물려받은 조상 땅이라도 있으면 현감 자리 하나 해 물 건데 내 팔자야. 구씨. 배 팔고 집 팔아가 이참에 벼슬 하나 해라.
구만출	뭐라 카노. 매러치가 고래 부러워하면 가랑이 짝 찢어진다. 우찌 될라고?
여인3	기장 현감 자리는 얼마짜리고?
아전	현감은 쌀 60석.
여인1	쌀 60석이면… 3만 냥!
여인2	그라면 3만 냥 본전 뽑는다고 저 지랄이네.
여인3	인자, 기장 사람 피고름 짜겠네. 우짜노.
여인2	장관청 수리한다고 거두고… 장바닥마다 텃세 받고 한다더만. 진짠가배. 우짜노.
구만출	배 나가도 출항세도 내야 한다더만 소문이 진짜가?
여인1	뭔 돈에 환장한 현감이 우리 고을에 오노?
여인3	쉿! 내 말 들어봐라. 어제 기장 장날, 사람들이 이리는 못 산다. 불을 확 싸지르던가 니 죽고 내 죽는다 하는 사람들 많더라.
여인1	그 말은 크게 해도 된다. 내도 인자 못 참는다.
여인2	누가 횃불 들면 내도 가만 안 있는다.
여인3	못 참지… 이리 죽나 저리 죽나 매한가지 아니가?
구만출	기장 남자들 쉽게 보다가 우찌 되는지 한번 보여준다. 확 마 니 죽고 내 죽는 기지.
여인3	난리 한번 치자고. 남자들이 나서라… 여자들도 가만 안

있는다.

여인들 하모! 하모!

아전 엄마야. 요즘은 여자가 더 무섭고 씨다이. 내도 뭔 일 있
으면 너거 편이데이. 잘 알아두라. 나도 쩡가도? 현감 저
꼬라지 더는 못 본다. (퇴장)

구만출 아전 저 인간들 믿으면 안 된데이. 지 살길 따라 이리 붙
고 저리 붙고…

여인1 우리 권 진사 같은 분이 현감을 하시면 사람들이 얼매
나 좋아하겠노. (암전)

이때 파도 소리.

4장 권 진사

권 진사의 집
홀로 서 있는 권 진사, 시를 읊조린다.

권 진사 달빛 아래 파도는 울음소리 그치지 않고
백성들의 곡소리 궁궐까지 미치지 않네
망망한 바닷물 한없이 무심하고
덧없는 학 한 마리 날갯짓하다 말고
(한숨 쉬고)

이때 임신한 부인 나타나며

부인   영감, 현감이 말도 안 되는 세금을 만들어서 괴롭힌다고
        온 마을이 들썩들썩합니다.

권 진사 다들 어렵고 굶는 사람들도 있다고 하니 올해도 소출은
        받지 말아야겠소.

부인   벌써 몇 년째 소출을 거두지 못했습니다.

권 진사 우린 풀칠이라도 하니 다행 아니겠소.

부인, 입덧이 심하다.

권 진사 풀죽이라 그라시오? 어찌 입맛이 없더라도 배 속에 애
        를 생각해서 좀 드시지 않고?

부인   입덧이 심하니 먹지 못했을 뿐… 이놈이 아들인가 봅
        니다. 지 애미는 힘도 없는데 얼마나 뱃속에서 팔팔 뛰
        는지.

권 진사 (부인의 배에 귀를 대어보며) 아기야… 네가 살아갈 세
        상은 또 어찌 될런고… 밤공기가 찹니다. 들어갑시다.

부인을 대동하며 들어가다가 다시 돌아서는 권 진사.

권 진사 대대로 관리가 되는 자는 세 가지를 두려워해야 한다.

하늘을 두려워하고 백성을 두려워하고 무엇보다도 자기 자신을 두려워해야 한다 했거늘… (이때 바람 소리, 배고픈 백성들 나타나며) 가뜩이나 흉년과 가뭄으로 겨우겨우 목숨을 이어가는 이 기장 사람들을 잘 보살펴야 할 텐데. (퇴장)

5장   쌀을 구하다

배고픔으로 바닷가에 몰려나오는 사람들. 힘이 없다.
사람들의 하소연.

사람들   아이고 배고파라. 쉰 죽이라도 한 사발 할 수 있다면.
이미 우리 아새끼들은 하나 남고 다 디지삐렀다. 아이고!

뱃소리… 돌풍소리 불고… 배가 침몰한다. 사람들이 몰려든다.

<소리> 배가 침몰한다. 아이고 저걸 어째…

사람1   저 배가 뭐꼬?
사람2   참운선이 아니가?
사람3   부창으로 가는 조세선이다 이 말이가?

다들 배가 기울어지는 것에 따라 움직인다. 가라앉는 참운선.

<소리> 아이고 부창으로 가던 참운선이 돌풍에 가라앉았다!

사람1   첨벙! 아이고 아까워라! 차라리 우리라도 주지.

사람2   어매야! 대동미 900섬 양곡이 바닷물 속으로 다 가라앉
         아뺐다.

사람3   저 배에 실은 쌀이면 기장마을 사람 다 살리겠네…

사람4   오매 아까운 거. 사람도 못 먹은 쌀을 고기새끼들이 잔
         치를 벌리뿌네.

사람5   어매 부러운 거. 나도 오늘은 고등어, 꽁치였으면 좋겄
         다.

사람6   이러고 있을 게 아니라… 뭐라도 건지 보더라고.

사람들 물속으로 들어가며 수영을 한다. (암전)

6장   현감의 횡포

취조당하는 마을 사람들.

사람1   살려주시요! 살리시요!

현감   입 벌리라. 벌리라고… 입 벌려라! 다 토해내, 이 역적놈

아! 나라님 쌀을 이 주둥아리로 다 처넣었으니 살려달라는 소리가 나오냐?

사람2 어차피 바닷속 고기가 먹을 것을 우리가 좀 먹었다고 그게 죄가 됩니까요?

현감 어허! 무식한 상놈을 봤나. 바다에 수장된 쌀이라도 나라님 거다. 니놈이 처먹었으니 역적이야. 이 도적놈아!

사람3 어차피 없어질 쌀인데 우리가 먹으면 얼마나 먹었다고 이랍니까요?

현감 터진 주둥아리 안 닥치나? (때리려고 하자 옆 사람이 대신 비명) 요놈은 뭐꼬?

아전 (더듬거리며) … 지난 환곡… 을 안 내가지고…

이때 현감, 직접 때린다. 혼절하는 사람.

현감 와 이 자식 뻔뻔하네. 환미는 니 그 주둥아리로 들어갔지. 내가 뭇나? 와 안 갚노?

사람4 나 죽는다. (쓰러진다)

현감 이 고얀 것들. 대동세도 안 내고 저승 가겠다고? 안 일어나나?

(시체 같은 사람들을 일으켜 세우며) 못 죽는다. 이놈아! 저승문 어서 닫아라! 나라에 쌀을 떼먹고 어딜 간다 말이고. 염라대왕도 못 오구로 퍼뜩 저승문을 닫아라!

현감의 발악이 절정이다. 비명 소리!

이때 나타나는 권 진사. 마을 여인네들 따라 들어온다.

여인1   여보! (남편을 안아 보지만 반응이 없다) 죽었나? 죽어 뿠나? 어르신! 우리 남편 좀 살리주이소!

마을 여인들 남편의 모습을 보자 원망하며

여인2   나으리… 먹을 것 없어 좌초한 배에서 쌀 좀 건져 먹었다고 사람을 이 지경으로 작살을 냅니까? 예?

여인1   여보! 눈 좀 떠 보이소.

이때 권 진사 뛰어 들어오며

권 진사   (고함치며) 이 무슨 짓이요? 현감!… 백성이 있고 현감이 있는 것이요.

현감   짓? (알면서 모른 척하며) 누구시더라?… 아아! 기장에서 존경받는 우리 권 진사 나으리께서 우짠 일로 여길 다 오시고?

권 진사   (화를 참으며) 현감… 바다에 빠진 쌀이든 하늘에서 떨어진 쌀이든 굶는 사람에게는 주상의 은덕이니 무엇이 죄가 되겠소. 임금께서도 용서하지 않겠소?

현감   나도 사실 풀어주고 싶으나 준엄한 나라님의 어명이라.

낸들 법대로 하는 거지요. 안 그렇소? (묶인 여인에게) 어이 니는 무슨 죄고. 어서 말해 봐라.

여인 권 진사 어르신. 시상 이리 억울할 때가 있습니까. 황무지를 개간했다고 붙잡혀 초죽음을 만들었소.

권 진사 황무지 개간하면 나라에서 5년간 세수를 면세하는 게 법이거늘 세금을 안 낸다고 잡아서.

현감 아따 시끄럽네. (혼잣말처럼) 그리 잘났으면 지가 현감 하지… 누가 보면 현감인 줄 알겠네.

권 진사 고을이 흉년이면 나라 세수도 감면받는 게 법이요. (당황하는 현감) 백성들에게 전가했다면 그 돈은 누구에게 간 것이요? 어서 말해보시오.

당황하던 현감, 변명처럼 아전을 부른다.

현감 어이 이방? 기장 전체 대동세가 얼마고?

아전 대동세 기본이 2천 석입니다요.

현감 그리고 환곡 환미 받아야 될 게 얼마고?

아전 꾸어 먹은 쌀이 1만 2천 4백 석입니다요.

현감 관청에 비도 세고… 또 뭐 있었노?

사람들 나서며

여인1 장관청 수리한다고 2천 냥을 거두고.

여인2 현감 어무이가 돌아가셨다고 부조금으로 2천 냥을 징수한다고 난리 치고.

현감 몽둥이 들자, 쓰러져 있던 사람들 피한다.

사람1 살려주십시오. …정말 억울합니다.
사람2 먹고 죽을라고 해도 없는데… 세금을 어찌 내겠습니까? 제발 살려주시요!

권 진사 다시 나서며

권 진사 공자께서도 가정맹어호(苛政猛於虎)라 했지 않소?
현감 (당황하며) 가정 뭐 호? 공자께서 그런 말도 하셨소?
권 진사 가혹한 정치는 호랑이보다 무섭다. 세금이 무서워 차라리 호랑이 있는 산골로 도망이라도 가야 한단 말이요. (화를 누르고) 풀어주시오. 죄가 있다면 내가 대신 대속하리다.
현감 참내 답답하네… 낸들 어찌 하란 말이요? 준엄한 국법을 날 보고 어기란 말이요? 내 목을 내놓으라 이 말이요? 어이쿠 안 되지. 안 되고말고… (권 진사의 침묵을 보곤) 내가 뭔 잘못이 있겠소? 현감으로서 국록을 먹는 사람으로서 최선을 다할 뿐… 안 그렇소?… 나도 우짜든둥 굶주린 백성들을 위해서 노력하오이다. 하지만…

어이 우리 세금이 총 얼마든고?

아전 (장부를 보며) 동래운감 경비조로 쌀 7천 석, 군인 복장에 쓸 옷감 4백 70좌 수영에 보내야 하고, 통영해세에 납입할 돈 천 냥에 각사에 쓰일 금포대금이 수천 냥이 됩니다요.

현감 들었소? 나도 어쩔 수 없습니다. 임금께서 그리 하신 걸 날 보고 자꾸 보채시면… 임금께 물어보시오. 임금께서 풀어주시라면 풀어주리다.

권 진사 (그 자리에 앉으며) 전하! 개미같이 보잘것없어도 백성이 있어야 현감도 있고 신하도 있으며 주상이 있는 것이요. (무릎을 꿇으며) 천만번 눈물로 호소하고 기원하오니 통촉하여 주시기 바랍니다. 정녕 전하의 어명이옵니까? 전하!… (현감을 노려보고 자세를 고쳐 앉으며) 내 확인하고 가리다. 어서 주상께 고해주시오.

사람들 어르신! 권 진사 어르신!

현감 (퇴장하며) 그리 하던가 말던가. 야들아. 날씨가 춥다. 가마때기 한 장 갖다 드려라.

<사이>

홀로 남은 권 진사 비를 맞는다.

시간이 흐르고 쓰러지는 권 진사. 빗소리 더 커진다.

7장   민란의 불꽃

현감의 집. 현감, 창고를 열어보곤 돈뭉치를 가지고 나오며 돈을 세어
보고 좋아한다.
아이 업은 현감 부인 나온다.

부인   아직 본전 다 안 되나? 잠 좀 잡시다요. (하품)

현감   (놀라며) 뭐고?… 본전? 지난달에 벌써 넘었지롱.

부인   그럼 인자 잡시다. 마음 편하게.

현감   이 여편네가 본전 할 거면 내가 뭐라고 사또 자리에
        있노.

부인   건달 하다가 현감 하는 것만 해도 가문에 영광 아니
        요…

현감   이 사람이 아직도 날 모르네. 조금만 더 모아가지고 동
        래부사까지 해 봐야 안 되겠어?

부인   난 싫다 마. 장바닥에 맘대로 살다가 사또 부인이라고
        체면 세우며 살려고 하니 너무 힘들고 재미없어. 나
        자요.

현감   너…무 착해 욕심이 없어. 관세음보살 해라… (하품한다)

이때 부는 바람 소리 세차다. 파도 소리 들린다.

현감   갑자기 뭐고? 불안하구로. 바람이 씨네. 어이 들어갑
        시다.

두 사람 뒤로 파도 소리 들린다. 돌풍이 분다.
북소리 들려온다. 어둠 속에 사람들 소리 들린다. 마을 사람 폭도가 되
어 나타난다.

남자1   더 이상은 못 참는다. 현감 집으로 모이라.
남자2   이놈의 현감을 작살냅시다. 현감 집으로 모이라.
여인들   다들 모이시오. 이리 죽나 저리 죽나 매한가지. 인자 못
        참는다.

조명 밝아지면 현감이 놀라 뛰쳐나온다.

현감   (놀라 나타나며) 이게 뭔 소리고? 여보! (문소리가 부서
        지며 대문이 열리는 소리가 들리며) 아이고!

현감, 마루 밑으로 도망간다. 나타나는 반란의 무리들.

사람들   멀리 가지 못했다. 샅샅이 뒤져라.
사람1   (소리) 대나무밭에 숨어 있나?

사람2	아니 마루 밑인 것 같은데?
사람3	고귀한 현감이 설마 마루 밑에 쥐새끼처럼 숨겠나?
현감	(쥐 소리를 낸다) 쮜쮜쮜!…
사람4	현감 대신에 쥐라도 잡아야지.
무리들	나와 이 쥐새끼야.

현감 기어서 나오며

현감	쥐새끼 아니야… 어허 나 현감이야. 사또라고… 어허…
사람들	묶어라! 용소계곡으로 간다.

현감 비명 소리와 함께 (암전)

<사이>

북을 치며 사다리에 묶어 눈을 감긴 현감을 둘러업고 나타나는 마을 사람들

사람1	아따 이거 뭐꼬? 사람 새끼가? 짐승 새끼가?
사람2	사람새끼면 그런 짓을 했겠나? 온 고을을 고구마밭 홀 치듯이 다 처먹었는데.
모두들	그럼 멧돼지 새끼 맞네.
사람3	하모. 처먹어도 처먹어도 배고프다고 작살을 내는데 분

명 멧돼지 맞다.

사람4 아따 저기 뭐꼬? 벌써 연기가 모락모락 나는데… 솥단
지가 끓고 있구만.

사다리에 묶여 끌려가는 현감 바둥대며

현감 나 현감이네. 멧돼지도 아니고 자네들의 현감이라고…
살려주시오.

사람1 누가 저기 멧돼지 주디 좀 막으라. 꽥꽥 소리 시끄럽네.

사람2 쉰내가 콧구멍을 찌르구마이.

사람들, 들고 있는 몽둥이로 하나씩 찌른다.

현감 멧돼지 아니라니까. 아야! 자세히 보라니까. 아야! 나라
님이 보낸 현감이라니까. 아야! 당장 날 풀어주면 없던
일로 한다니까. (비명) 살려주시요!

사다리 들어 현감을 들쳐 세운다.

사람3 불 좋네. 가마솥에 넣기 전에 그냥 그슬러서 던지노면
노랑내 사라지고 먹기 좋겠네, 그쟈?

사람4 불 잘 사네. 솥에 팔팔 끓고… 넣어 볼까.

사람들 (사다리를 흔들며) 하나, 둘, 셋!

현감   으악! 현감 죽네!

사람들   (일부러 놓치고) 단디 못 던지나? 그쪽 잡고… 단디 하
            자. 하나, 둘, 셋!

현감   으악! 내가 잘못했소. 살려주시오! 제발.

현감, 비명을 지르며 똥을 지린다.

사람3, 4 이 무슨 냄새고?…

사람2   세밀 밭에 누가 똥장군 뿌렸나?

사람1   오줌도 싸 제긴다야.

현감   살려…주시오. 제발!… 가족이 있소이다. 내가 죽으면
            누가 우리 아이를… (비굴하게 말이 길어진다)

이때 권 진사 나타나며

권 진사   현감!

현감   아이고 권 진사… 아니 권 진사 나으리… 아니 권 진사
            어르신… 하늘 같은 높은 지체로 보잘것없는 이놈 한
            번만 살리시오.

권 진사   현감이 왜 여기 있는지 아시오?

현감   … ?

마을 사람들 몽둥이로 현감을 때리면 현감의 비명 소리 울음소리 울

린다.

구만출　우리 같은 무식쟁이 상놈도 아는 걸 현감이 모를 일은 없을 것이고 (때리고) 이놈은 짐승이라 모를 것이다.

사람1　사람 새끼면 분명 백성의 소리를 못 들을 리 없지, 안 그러나?

사람1　양심은 있나?

사람2　부끄럼은 있나?

사람3　염치는 있나?

현감, 바닥을 기며 예! 남발한다. 이때 북소리 나고 권 진사의 손짓에 모두들 조용히 한다.

권 진사　백성이 있어 현감이 있으며 왕도 있는 것이다.
무릇 사또라면 도탄에 빠져 있는 백성들을 외면하면 안 된다. 그것이 도리다. 오늘 기장 백성들은 악정과 학정으로 짐승이 된 현감에게 천벌을 내리고자 한다. 우리는 나라의 충복이신 현감을 죽이려는 것이 아니다. 임금을 배신하고 백성을 배신한 포악한 산짐승을 죽이고자 한다.

북소리 울린다. 현감의 비명 소리.

현감	나으리, 제발… 권 진사 나으리 제발 살려주시오!
구만출	이 마당에 살려두면 당신은 우리들을 사헌부에 고발하여 모두 죽게 되는데 어찌 살려줄 수 있는가? 당신을 죽여 우리라도 살아야겠소.
현감	천지신명께 맹세하오니 날 풀어주면 아무 일도 없었던 것처럼 조용히 입 다물고 살겠습니다. 제발!
권 진사	듣거라… 너는 죽을죄를 세 가지 범했다. 첫째 임금의 백성들을 잘 돌볼 책임을 다하지 못했고, 둘째 그리하여 임금이 사랑하는 백성들을 죽게 했으며, 셋째 이 일로 백성들이 임금을 멸시하고 비난하게 한 죄. 죽어 마땅하지 않느냐.
현감	네, 네… 살려주십시오. 권 진사 어르신! 제발.
권 진사	현감!… 살려주면 이 기장 땅을 떠나겠는가?
현감	네, 네! 당장 이 땅을 떠나 두 번 다시 기장 땅은 밟지 않으리다.
사람들	믿을 수 없다. 니놈의 주둥아리는.
현감	날 믿어 주시오. 돌아가신 우리 부모님을 걸고… 아니 천지신명께 맹세하나이다. 살려주시오.
사람들	넌 우리의 현감이 아니다.
현감	예!
사람들	넌 우리의 지도자가 아니다.
현감	그럼요!
사람들	이 고을은 우리의 고향이지 너를 배불리는 곳이 아니다

이 말이다.

현감   당연하신 말씀!

권 진사, 하늘을 한번 보자 밤 달이 깊어진다.

권 진사   자, 이자를 풀어줘도 되겠는가?

사람1   짐승이라 은혜를 모를라나?…

사람2   사람이라면 고마움도 알고 염치라는 게 있어 감사할 줄도 아는데…

사람3   짐승을 풀어줬다간 우리가 동티나는 것 아니가?

현감   아닙니다. 믿어주시요!

사람4   짐승의 탈을 쓴 사람새끼라 우찌 믿노? 마 절단 내고 후환을 지우지요, 나으리?

현감   (울부짖으며) 살려만 준다면 당장 가솔을 데리고 이 고장을 떠날 것이요. 당장… 살려만 준다면 당장!

권 진사   산짐승도 제 살린 사람의 은혜에 보답하거늘… 믿어주겠소. 자 풀어주시요!

북소리 울리며 현감 풀어주자 도망가고 마을 사람들 퇴장.
홀로 남은 권 진사 넋두리 같은 한숨 소리 들린다.

권 진사   백성도 아는 소리 내 귀엔 들리지 않고 행동하지 않는 지식이야 무엇에 쓰일런고.

양반이라 누린 세월 부끄럽기 그지없고.

배운 자 공부한 자 부끄럽기 그지없네. (암전)

8장   다시 장례식장

조명 들어오면 다시 장례식장.

용해   현감은 어떻게 되었습니까? 기장을 떠났나요?

사람1   당연히 쫓겨났지. 살아간 것만 해도 다행 아니가.

사람2   소리 소문도 없이 재산을 챙겨 달아났다고 하더라.

노파   용해야. 우리 고장 기장은 협심해서 현감을 쫓아낸 역사를 안고 있다. 그래서 기장 사람들은 위기가 닥치면 서로 협력하고 이겨내는 전통이 생긴 기라.

구만출   그라니까 기장에서 독립운동가들이 그리 많이 배출핸 기라.

사람들   맞다. 그렇지. 하모!

용해   그런데 우리 집안을 천줄 집안이라고 하던데… 천줄이 뭔 말입니까?

구만출   우리 기장 사람들이 너거 집안 권씨 집안을 존경하는 이유다.

노파   천줄? 하늘이 내리신 자식이 태어났다고 해서 천줄이라고 한다.

조명 달라지며 뛰어 들어오는 여인.

여인1 아이고 이 일을 우짜노? 한나절 틀어 제끼는데… 산모
가 저러다가 혼절하겠다.

여인2 얼매나 아가 기가 센지. 씨기 트네. 우짜면 좋노? (암전)

권 진사의 부인, 비명 소리 높다.

9장 천줄이 태어나다

권 진사, 나타나며 근심 어린 표정으로 하늘을 본다.

권 진사 아이야! 가을날, 맑고 높은 투명한 하늘이구나. 그것만
으로도 사람의 마음을 더욱 높게 가져야 할 것을 가르
쳐 주는 것 아니겠느냐?
처음으로 세상을 보게 될 아이야! 힘껏 대지를 밟아 보
거라. 깊이깊이 땅심 속속들이 울려 퍼지는 힘을 느끼느
냐? 가을 하늘처럼 높게 밝아라. 또한 가을의 대지처럼
깊게 충실하거라.
(한숨을 쉬며) 조선은 이제 벼랑에 놓여 있다. 네가 태어

나 살아갈 세상이 어떻게 펼쳐질지 이 아비의 마음이 무
겁구나.

이때 긴장된 소리와 함께 나졸들이 창을 들고 들어온다.
그 뒤로 궁색하게 들어오는 현감.

현감   날씨 좋네. 죽기 딱 좋은 날 아니가? 맞제? (권 진사 보
며) 안녕하신가?

사람들 뭐꼬? 너거들 뭐하노?

나졸   동래관찰사에서 권 진사를 압송하라는 명령이오. 어서
오랏줄을 받으시오.

사람1   내 이랄 줄 알았다. 마 세리 땅에 묻었어야 되는데…

사람2   차라리 개돼지 말을 믿지. 사람 말을 믿으면 안 돼.

현감   네 이년, 너도 그때 있었제? 저년들도 잡아가… 역적들
다 어디 있노? 말해. 너도 있었제? 맞제?

놀라 물러서는 마을 사람들. 권 진사, 나서며

권 진사 잠깐, 동래부사가 나만 잡아 오라 했을 터… 내 순순히
가네만.

이때 부인의 비명 소리

권 진사 내 사정이 이러하네. 자식이 나올 모양이네. 출산하는
 것 보고 가면 안 되겠는가?

현감 (얼측 없다는 듯이) 와 아직도 분위기 파악이 안 되네.
 너 임마 이 현감을 이리 욕 뵈고도 살기를 바라나? 봐봐
 라. 여기 피멍에 아이고… 어디 나라님이 임명한 현감을
 직일라고 했던 놈이 살기를 바라나? 어이가 없네. (본인
 이 직접 창을 뺏어 들고 권 진사를 위협하며) 뭐 하노?
 퍼뜩 오랏줄 묶어라!

급하게 직접 오랏줄 거는 현감

권 진사 (현감을 쳐다보며) 지난밤을 잊으신 것이요? 약속을 지
 키시오.

현감 무슨 약속?

권 진사 살려 주면 이 고을 떠난다고 하지 않았소?

현감 내가? 누구? (주위를 보다가 머쓱해지며) 그래 그랬
 지… 죽니 사니 하는데 뭔 말을 못하노. 일단 살아야 되
 니까. 음… 그 말을 했겠지. 거기 뭐 중요하노? 니놈이
 고을 사람들을 꼬시가지고 날, 이 고매한 현감 나리를…
 넌 인제 죽었어. 어서 가자고.

잡혀가는 권 진사… 뒤이어 임신 중인 부인의 비명 소리.

현감　　(비명 소리를 듣고 좋아하며) 우와 이게 뭔 꼬라지고… 아 자슥 딱 세상에 나올라고 하는데 지 애비는 마 저 승길 가뿄네. 생일날이 아비 제삿날 되는 기가? (웃음) (퇴장)

부인　　(목소리) 영…감!

부인은 비명 소리를 마지막으로 숨을 거둔다.

<사이>

몰려든 마을 사람들.

여인1　　우짜노? 아는 아직 배 속에 있는데 어미는 죽어뻤다.

여인2　　그라면 아도 죽는 것 아니가. 이 무슨 날벼락이고. 아 아버지는 잡히가 죽을 줄도 모르고 어미는 마 저리 죽어뻤고…

여인3　　아는 세상 구경도 못하고. 아이고 이 일을 우짜노.

사람1　　박 봉사! 박 봉사 어르신을 찾아라.

여인2　　맞다. 기장에서 제일 많이 아시는 박 봉사 어르신이면 무슨 방도를 알려줄 기다.

사람들　　박 봉사 어르신! 어디 있는교? 퍼뜩 오이소!

이때 나타나는 박 봉사. 막대기를 흔들며 들어온다.

여인1   (마음이 급해서) 어서 오이소. 아가, 권 진사 아들이 죽어 가는데 퍼뜩. 뭔 방도가 없습니꺼?

박 봉사   (숨을 헐떡이며) 아이고 대라. 내부터 좀 살자.

여인2   박 봉사 어르신… 아가 죽는다 카는데 퍼뜩.

박 봉사   (고민하다가) 어미는 졸지에 북망산 가뿌고… 배 속에 아가 있다?… 마 단디 들어라. 마루 밑에 흙! 음… 찰지야 될 기다… (생각을 하며)

여인3   마루 밑에 흙이 뭐… 우짜라고?… 아따 답답네. 퍼뜩 말해 보이소.

박 봉사   (고개를 흔들며) 지렁이가 있으면 안 된다 카이. 마루 밑에 흙 서 말 파가지고… 퍼뜩 찌라.

여인1   (놀라며) 흙을 찌라꼬?

여인2   그기 뭐꼬? 흙이 뭐시라고?

박 봉사   (화를 내며) 흙이 뭐시라? 흙으로 묵고 살고 흙으로 뒤지서 돌아가는 기 사람이다. 어디 흙을 함부로 해싸?

여인1   잘못했다 캐라. 어서. 지금 뭐라도 해 봐야지 안 되나. (박 봉사에게) 그래가지고?

여인2   (빌며) 잘못했습니다. 박 봉사 어르신!

박 봉사   (다시 표정 돌아오며) 뜨겁게 찐 흙을 죽은 산모 배 위에 올려놓으면… 아이가 살아 나올 수 있다.

사람들   …

박 봉사   퍼뜩 안 하나?

사람들   알았심다. 어서 가자! (급하게 퇴장한다)

아기 울음소리.

다음 아기가 장성한 모습, 권상중 양복 입은 모습으로 나타난다. (암전)

10장   다시 현재 장례식장

모두들   천줄이 태어났다. 권 진사 집안에 천줄이 났다.

노파   용해야! 너거 집안을 천줄 집안이라는 이유를 알겠나?

용해   천줄? 천줄? 그게 뭡니까?

노파   하늘의 도움으로 태어났다 했어. 천줄이라고 한다. 천줄
이 태어나면 나라에서 경사라고 해서 천줄의 집안에 1
년에 천 냥씩 10년에 걸쳐 상금을 내리셨다.

용해, 사람들의 모습에 오히려 반하여 감동 없이 일어나며

용해   그러면 뭐 합니까. 권 진사 할아버지는 잡혀가시고 할무
니는 돌아가시고.

노파   어대. 비록 아 놓다가 돌아가셨지만도 나라님은 백성을
위해 할 일을 했다고 크게 칭찬하시고는 권 진사 어른
은 풀리났다. 풀리난 권영후 증조부는 그 길로 이 상금

을 기장 아홉 개 포구 어민들에게 골고루 나누어 주었
다. 일광면 삼성리에 가면 권 진사에 관한 구휼 비석이
있다.

여인1   기장 최고의 명문가 집안, 바로 권씨. 저기 천줄 아씨 할
아부지다.

여인2   요즘 사람들이 그 공덕을 모를 기다.

노파   아는 사람들은 말을 안 해서 그렇지. 자랑스럽다. 존경
한다. 천줄 아씨 집안을.

용해   (퉁명스럽게) 명문 집안인데 지금은 친척 하나 연락하
는 사람 없고… 이리 외롭게 살았습니까?

모두들 시선을 피하며

노파   천줄 집안은 기장 사람들에게는 자랑이자 자부심이었
는데. (말없이 일어나선) 세월이 무심해서 안 그러나…
지난 시상이 얼마나 요동을 치는 세월이었노.

이때 작은 천둥소리

용해   그러면 그렇게 부자며 명문가 집안이 우짜다가 오늘날
은 이 모양 이 꼬라지가 됐습니까?

노파   나라가 망했는데 집안인들 성하면 그기 이상한 것 아니
가… 저 사람들 집안 모두 그 아픔을 함께했고… 니 맘

다 안다.

사람들, 모두 한곳을 쳐다본다.

사람1 다 안개 때문인 기라. 여기 있는 우리 모두 그 아픔을 다
안다.

구씨, 용해에게 다가가 얼굴을 유심히 쳐다본다.

구만출 가만히 보니까 눈썹하고 눈매 하매 코꺼정 너거 아버지
모습 남아 있네. (노파에게) 용해가 학교 선생질 한다
캤나?

용해 예. 초등학교 선생 합니다.

사람1 야 저거 아버지도 저기 대변초등학교 선생님 하시다가
전쟁통 난리에 총 맞고 돌아가셨제?

사람들 갑자기 놀라 구씨 입을 막으려고 한다.

사람2 어데 그때 돌아가신 분은 큰아부지고… 용해 아부지는
천줄 아씨 막내아들이고.

노파 마 고마 하자! 고 얘기는 우리 평생 입 다물고 살기로
천줄 아씨하고 약속 안 했나? (장례식상으로 가며) 아
씨 벙어리처럼 사신다고 평생 고생했습니다.

이때 장례식장 사진 속에 나타나는 천줄 할머니.

구만출 괘안소 마. 천줄 아씨가 평생 입 다물고 사셨으면 됐지. 인자 우리끼리는 말하고 삽시다.

사람2 그라자. 인자 우리 아이들한테도 사실은 사실대로 말하고 살자.

구만출 그랍시다. 독립운동한 기 자랑이지 숨길 일은 아니지. 마 용해 니는 아버지 얼굴도 제대로 모를 기다. 맞제?

용해 지는 어릴 때부터 할무니가 키았습니다.

사람2 저거 엄마 자 놓다 죽고 저거 아버지 얼매 안 있다 죽어 뿌고.

사람3 아씨 참 대단하다. 속이 다 썩어 문드러지도 손주 하나 살릴 기라고.

노파 (화를 내며) 고만해라. 야가 알아서 인자 와서 뭔 소용 있다고?

무심히 듣던 용해, 놀라며

용해 저게 뭔 소리입니까? 제가 알아듣게 설명 좀 해주세요. 전 아무것도 모릅니다.

사람1 모르니까 니가 살아남았지.

용해 살아남았다니요? 그게 뭔 소리입니까? 예?

사람2 천줄 아씨, 소원대로 손자를 학교 선생 시키났네.

사람1 이 천줄 집안이 원래 교육자 집안 아니가. 학교를 세우신.

용해 학교라고요?

노파 기장에 최초로 세워진 여학교가 있었다… 너거 할머니가 다닌 학교.

사람1 학교를 세우신 분들은 권씨 집안이다. 그라고 우리들 집안 어른들도 쪼매 보태고, 기장에 명문가 집안들은 다 참여했다.

구만출 명정의숙! 니 아나?

용해 명정의숙? 그게 언제 만들어졌습니까?

여인 1910년 한일합방. 일본 놈들한테 나라를 빼앗기고 망하자 비통해하던 너거 할무니 천줄 아씨 아버지 권상중 어르신은… 며칠 몇 날을 피를 토하며 우시다가…

이때 부분 무대 권상중 나타나며 비통해하며 운다. 다들 일어나 그곳을 쳐다본다.

노파 용해야! 억울해하지 마라. 기장의 다른 천석꾼 집안들도 일제강점기의 무수한 탄압에 이어지며 몰락했다. 왜? 공통점이 있었다면 독립운동을 했다는 것이다. 기장의 명문가 집안 자식들은 그렇게 함께 잃어버린 나라를 찾기 위해…

| 사람들 | 우리 집안 어르신들도 모두가 그때 함께 있었다. 김씨 집안 어르신들, 박씨 집안, 최씨 집안, 구씨 집안 등등… (앞으로 나서며) |

이때 일어나는 안개.

| 모두들 | 안개!… 참 기장은 안개가 많다. (암전) |

11장 한일합방

일본군의 발자국 소리. 군가 소리 들려온다. 안개가 자욱하다.
상복 입은 권상중, 땅을 치며 통곡한다.
할머니 차림에서 소녀로 변하는 천줄 할머니. (권은해)
이때 나타나는 부인과 딸(권은해)과 함께 비통해한다.

권상중	(비통한 울음소리와 함께) 안개로 아무것도 보이지 않습니다. 눈을 뜨고 있어도 깜깜합니다. 어떻게 하면 안개를 거둘 수 있습니까? 무엇을 해야 합니까? 총이라도 들어야 합니까? 그냥 가만히 기다려야 합니까?… 은해야!
은해	아부지!
부인	여보!

권상중 잘 들어라. 나라가 망했다. 나라가 있고 백성도 있고 집
안도 있는 것이다. 나라가 없는데 양반 가문이 뭔 소용
있겠느냐. 우리 권씨 가문도 이제 사라진 기다. 이제 이
아비가 안개를 거두어 보려고 한다.

권상중, 땅문서를 들고 바닥에 던진다.

부인 (문서를 주우며) 당신 뜻이라면 따라야지요.

권상중 이제 우리 집 재산은 소출 받던 농부에게 땅은 돌려주고
남은 재산은 동지를 규합할 것이다.

은해 (상기되어) 아부지! 난 뭐 하면 되는데요?

권상중 넌 멀리 보아라. 그래서 이 깜깜한 나라의 안개를 거두
는 동량이 되거라.

은해 네, 아부지!

권상중 (딸을 위로하며) 은해야! 하지만 두렵구나. 안개가 걷
힐 때 모든 것을 거두어 함께 데리고 간다. 그래도 괜찮
으냐.

은해 예! 아버지! 내가 누고. 권씨 집안 여자, 자랑스런 천줄
집안, 아부지의 딸 아니가.

함께 모여 멀리 쳐다본다.

권상중 비록 안개와 함께 사라지더라도 남은 자들이 맑은 하늘

을 보며 살겠지.

부인 그것으로 족합니다. 안개를 거두는 자들의 운명이 그러하다면.
(문서를 들고 나가며) 다녀오겠습니다. 은해야 엄마 따라온나.

부인, 딸 퇴장.
권상중, 홀로 비통에 잠겨 있다. 이때 나타나는 박세현.
서로 멀리서 시 문답으로 서로의 속 감정을 표현한다.

권상중 저 거센 바람에 나뭇가지 하나 병들지 않은 것이 없고, 나무는 고요히 있고자 하여도 바람이 멈추지 않는구나.

박세현 바람에 이리도 휘날리니, 나 하나 인생이야 길가의 티끌과 같은 것. 바람 따라 흩어져 날아가더라도 무엇이 두렵겠는가.

권상중 그 티끌이 땅 위에 떨어져 함께 모이나니 어찌 피를 나눈 사이여야만 하는가.
해야 하는 일. 내 말술 마련해 이웃을 모으리라.

권상중, 박세현을 발견한다.

권상중 (박세현에게) 이보시게… 젊은이! 어디로 가시나?

박세현 젊음은 다시 오는 일이 없고 하루에 두 번 아침은 없는 법이니. 세월은 사람을 기다려 주지 않습니다. 저도 안개를 거두어야지요.

권상중 나라도 없고 임금도 없으니 누가 나서리요.

박세현 백성이 백성의 나라를 다시 찾는 것이외다.

권상중 백성이 무지하면 어떻게 나라를 찾겠는가?

박세현 국권회복운동의 지름길은 민중의 깨어남이요. 곧 민중의 배움이 하나의 토대라고 생각합니다.

권상중 난 우리가 다시 찾는 나라는 가난한 자도 대접받는 세상이 되었으면 하네만.

박세현 여학교를 세울 것입니다.

권상중 왜 하필 여학교인가?

박세현 우리가 망한 이유는 여성들을 낮추어 대접했기 때문입니다. 나라를 구하는데 남자, 여자가 따로 있을 수 없습니다. 여자도 공부할 수 있는 세상. 자라나는 자식들을 위해서라도 먼저 여성이 깨어나야 합니다.

이때 권상중의 부인과 권씨의 딸 권은해가 나타난다. 권상중과 박세현을 주목하다가 주위를 의심스럽게 돌아본다.

권상중 (작은 소리로) 부인! 잘 가져왔소?

부인 (돈가방을 전달하며) 네. 의심받을 것 같아 당장 많은 돈은 모으지 못했습니다. 저희 친정에 집안 어른과 최씨, 김씨 어르신이 기꺼이 보탰습니다.

권상중	박 선생, 이 짐이 너무 무겁네. 함께 들어줄 수 있는가?

돈가방을 박세현에게 전달하며 오히려 나이가 많은 권상중이 박세현에게 절을 한다.
놀라 일으켜 세우는 박세현, 두 사람 포옹하며 감격해한다.

박세현	어르신 일어나시지요? 학교 이름은 명정의숙이라고 명했습니다. 성심을 다해 아이들을 위해서 최선을 다하겠습니다.
권상중	박 선생, 내 전답들을 내놓았으니 나머지는 팔리는 대로 더 준비하리다.
박세현	고맙습니다. 모두 다 기장 어르신들의 덕택입니다. 저의 사촌 형들이 선생을 맡기로 했습니다.
권상중	(놀라 기뻐하며) 어허! 박 선생의 일가들이 모두 다 학교에 헌신하겠다고? 기장 최고의 수재 집안의 자식들이 선생을 맡겠다고? 은해야! 훌륭한 선생님이 오신단다.
은해	아부지, 엄마. 나 공부 억수로 열심히 해가지고 나도 나중에 명정의숙 선생님 할 끼다. 공부하는데 말리지 마소.

박세현, 어린 권은해에게 다가가며

박세현	그래, 나중에 이 학교 교장선생님은 네가 하면 되겠네.

은해 와, 아부지. 지는 꼭 열심히 해가지고 교장선생님 될 겁니다.

모두들 웃음, 이때 나타나는 일본경찰의 앞잡이 이판락이 나타난다.

이판락 와따라야. 나라가 망해가 없어지도 모이가 웃는 것 보이 좋은 일 있는갑소? (돈가방을 보고는) 이건 뭐꼬?

박세현 이게 뭐 하는 짓이요? 무례하게…

이판락 무례? (박세현을 말없이 쳐다보며) 그래 명문가 집안 사람들이야 나 같은 놈 개무시해도 되지.

돈가방을 열어보는 이판락. 모두들 긴장한다.

이판락 (의심의 눈초리로) 와따야 이게 뭐꼬? 요즘 갑자기 기장 바닥 논밭들을 팔고 사고 한더니만 혹시?

권상중 (격노하며) 손 떼라 이놈아! 니놈이 감히.

이판락 (가방에서 떨어지며) 놀래라. 권상중 어르신! 인사가 늦었습니다. 못된 현감을 사다리에 매달아 쫓아낸 위대한 천줄 집안의 후손. 이 미천한 몸이 권씨 어르신을 몰라보고 무례를 저질렀습니다. 실례! (정색하며) 그때 처참하게 쫓겨난 사또가 바로 저의 할아버지십니다.

권상중, 박세현 그리고 부인과 권은해 모두 놀란다.

이판락 이야 이 많은 돈이 뭐에 쓰실 돈일까?

권상중 감히 네놈의 손으로 만질 수 없는 고귀한 자금이다.

이판락 고귀하다, 그럼 독립운동 자금?

박 선생, 담담하게 가방을 챙기며

박세현 동부리에 있는 베틀 공장을 개조해 활용할 생각입니다. (은해에게) 청소부터 해야겠다. 같이 가서 도와주겠느냐? (가방을 들고) 이 돈은 공장 매입금으로 제가 전달하겠습니다. 그럼. (나간다)

이판락 잠깐. 베틀 공장 사서 총알 공장이라도 할 생각인가? 피웅피웅.

박세현 (웃으며) 그래야지요. 총알… 아니지… 폭탄 정도는 돼야지. 여러분들! 어서 공부 열심히 해서 총알도 되고 폭탄도 되시게. 못난 것들 다 날려 보내게. (웃음)

나가려는 박세현에게

이판락 잠깐! 박세현이. 못난 것들 특징이… 성질이 지랄맞아서 속에 무엇을 넣어두고는 못 배기는 사람이거든. 그래서 말이야. 당신들같이 명문가 잘난 사람들을 보면 배알이

틀리가 이 표정이 구겨지거든. 아휴 재수 없어. 왜? 머릿
속에 무슨 생각을 하고 있는지 우물 속 같은 표정을 보
면 머리가 아파. 딱 질색이야. 어이 박세현이… 앞으로
내 앞에선 그런 표정 짓지 말게. 꼭 나를 무시하는 것 같
아 기분이 나빠지니까. 내 말 알겠나? (박세현의 얼굴을
정면으로 쳐다보며) 귀티 잘잘 흐르네. 다르긴 다르네.
우리같이 없는 것들하고는 확실히 상이 달라.

웃으며 나가는 박세현. 권상중과 가족들. 홀로 남은 이판락.

이판락　　이놈의 나라는 일본에 빼앗겼으면 나라님이 누가 되던
　　　　　　눈 감고 귀 닫고 잘 살면 되지. 꼭 배운 것들이 문제야.
　　　　　　티를 낸다 말이야… (하늘 보며) 현감 아부지, 내 저거
　　　　　　들을 내가 우찌 하는지 꼭 지켜보이소. (암전)

12장　　명정의숙

나타나는 여학생들. 배운 <명정의숙가> 노래를 부르며 등교한다.

가세가세 어서가세 시물구경 어서가세
우리들이 이어받을 새시대를 창조하세.
춘풍삼월 화개절은 꽃구경도 좋거니와

한상구추 낙엽시는 단풍구경 좋을시고
산고수려 곳곳마다 금수강산 분명한데
옥야천리 천부국에 문물까지 겸비로다
행복이여 행복이여 우리대한 행복이여
애야애야 애국하세 생사장사 의무로세
좋고좋은 이강산을 촌토척지 남줄소사
무궁무진 천부재원 남북강린 침탈하네
불행이여 불행이여 자강못한 불행이여
학도들아 학도들아 분골하고 쇄신하여
국권회복 어서하고 동포구제 바삐한후
우리강토 화육중에 락토안업 하여보세.

박세현 교장의 지휘에 따라 여학생들 경쾌하게 율동하며 노래한다.

<애국의 노래> 박우돌

꿈을 깨세 꿈을 깨세 얼른 꿈 깨서
어하우리 학도들아 얼른 꿈 깨서
들었나 못 들었나 저 새소리
처처에서 지직이고 햇빛이 비치네

들어오네 들려온다 문명의 종소리
구주에서 미주에서 일본에서도

학도들아 학도들아 청년학도들아
우리도 꿈을 깨고 얼른 배아서
오매불망 국권회복 성취하고서
세계열강 대열속에 전진해보세

박세현   (노래 중 간주하는 사이에) 불행이여 불행이여 자강 못한 불행이여 학도들아 학도들아 국권회복 어서 하여 금수강산 되찾자!

    <명정의숙가>를 배우는 학생들. 노래가 끝나자

여학생들   명정의숙 우리 학교 만세!

    지켜보던 권상중, 감격한다.

권상중   명정의숙! 밝고 굳은 정신을 함양한다! 정말 좋은 이름입니다. 여러분! 기장 모든 어르신들이 합심하여 이 학교를 만들었습니다. 명정의숙은 그런 기장의 힘이 모인 곳입니다. 우리는 여러분들이 자랑스러운 우리 고장의 전통을 이어서 나라를 되찾는 데 기여하기 바랍니다.

학생들   여학교를 만들어주셔서 감사드립니다.

은해   예! 인자 여자들도 공부를 해야 합니다.

박 선생 훈시한다.

박세현   이제 명정의숙은 여성의 사회참여를 적극적으로 인정한 우리 기장 사람들의 실천물이자 자랑이 될 겁니다. (환호성을 지르는 여학생들과 권은해)
다시 나라를 되찾기 위해서 우리 민족이 끈기와 인내심을 갖고 있는 민족이라는 것을 가르칠 것입니다. 그 정신의 근원은 바로 여성이며 국권회복을 위해서는 이들이 꼭 필요하며 나서야 한다고 보기 때문입니다. 그래서 무엇보다 여성교육이 절대적으로 필요하다고 생각해서 명정의숙 여학교를 세운 것입니다.

권상중, 박수를 치며 나간다. 배웅하는 박 선생.

권상중   이만하면 박 선생이 새 학교의 교장선생님으로서 자랑스럽습니다. (퇴장)
박세현   (인사하며) 열심히 가르치겠습니다.

<사이>

학생들 서로의 손을 잡으며 격려한다.

은해   (학생1에게) 반갑다 언니야! 너거 아부지가 보내 주

302

더나?

학생1, 아버지를 흉내내며 말한다.

학생1 (아버지 목소리로) 죽을 뚱 살 뚱 일을 해도 먹고 사는
기 힘든데 가스나가 뭔 씰데없이 공부는? 미역 따고
조개 주아가지고 집안 살림 보탤 생각은 안 하고 치아
라 마!

<사이>

학생1 아부지는 이캤는데… 엄마가 (엄마의 목소리로) '뭐라
카노? 우리처럼 무식해가지고 땅 파묵고 바다 뒤지가미
살다가 죽게 할 기가? 니는 우짠등동 공부해가지고 이
엄마처럼 살지 마래' 하면서 보내주더라.

학생들 감동한다.

학생2 우리 어무이는 살면서 먹을 기 없어서 제대로 먹지도 못
하고 (울음) 고생만 하다가… 몸이 아파도 일만 하시다
가 돌아가싰다. 난 그리 살기 싫다.
만다고 여자라고 태어나가 일자무식으로 살아야 되노.
묵고살 기 없다 캐도 여자는 와 공부하면 안 되는데.

학생3	여자도 공부할 수 있고… 명정의숙 우리 학교 너무 좋
	다 그자?
	내 봐라 20살 넘어서 공부하게 되어서 얼매나 좋은지
	모르겠다. 남자들이 보명학교에 다닐 때 얼매나 부러웠
	는지… (울먹이며) 머스마들은 아들이라고 보명학교 보
	내 주면서 나는 공부하면 안 되나? 태어나서 처음으로
	큰소리 쳐봤다. 나이 많다고 쫓아내는 것 아니제?
학생2	집에서 쫓기나는 것 아니가?

모두들 웃음.

은해	(학생3에게) 이모야! 우리 인자 학생이다. 그자?
학생3	그래, 니하고 내하고 동급생이다.
학생1	은해야. 노래할 때 니가 제일 잘하더라. 춤 좀 가르쳐도?
모두들	그래.
은해	박 선생님이 이 율동은 춤이면서도 무예라고 했어예. 우
	리 민족이 싸워야 할 때 함께 추었던 백성의 춤이라고
	했습니다.

함께 춤동작을 은해로부터 배운다.

학생1	그러면 못된 현감 쫓아낼 때도 이 춤을 췄겠네.
학생2	박 선생님이 해준 기장 역사 이야기 들었을 때 난 진짜

기장 사람이라는 게 자랑스럽더라.

학생3   현감이 무서워서 똥을 지렸다 할 때 제일 통쾌하더라.

은해   우리 할무니, 어무니들이 함께 참여했다고 하니까 얼매
나 좋은지.

학생들   맞다. 우리 집안도 참여했다… 우리 어르신도… 우리 할
무니도…

다시 춤동작.

은해   나는 보명학교 남학생들처럼 씨름도 배우고 택견도 배
웠으면 좋겠다.
여자도 싸울 수 있다는 것 보여주고 싶다고. 언니야들.
우리 체육시간에 가르치 달라고 할까?

학생3   우리 중에 제일 어린 은해가 제일 씩씩하다 그자… 은해
가 반장 해라.

모두들   (박수 치며) 그래그래.

은해의 춤동작을 따라하는 언니들, 이때 노인네 학교로 들어온다.

노인   여자들이 이 뭐 하는 짓이고? 방정시럽구로… 여기 박세
현 선생 있나?

은해   어르신 무신 일로 오싰는데예?

노인   이 학교 이름이 뭐라 캤노?

학생3	명정의숙이라고 합니다.
노인	(학생3을 보고) 니는 기장 읍내 김씨 집안 며느리 아니가?
학생3	예, 김가 맏며느리 맞습니다. 뭐가 잘못이라도 있습니까?
학생2	지는 최씨 집안입니다.
노인	(퉁명스럽게) 온 기장 여자들을 다 모았네. 그래 여학교 만들어가 뭐 한다 하드노?
학생1	여성들을 계몽하는 해방 운동이라 했습니다…
노인	뭐시라 여성 해방? 나라도 없는데 가스나들 해방해가지고 뭐 한다고?
학생1	우리 박 선생님은 봉건적 사슬을 끊고 여성 스스로 미래 주역으로 발돋움할 수 있어야 나라를 되찾는다고 했습니다.
학생2	무엇보다도 기장사회에서 여성의 역할이 얼마나 중요한지 각인시키고 남녀평등사상을 실현할 최초의 사학이자 여학교가 될 거라고 했습니다.
노인	시끄럽다 마. 머스마들 공부 시키기도 힘든데 가스나들 가르치가 언제 뭐 할 기라고?
은해	(화가 나서) 어르신, 여자를 무시하고 버렸기에 나라를 잃은 것 아닙니까? 그런 사회적 풍토를 몰아내지 않고서는 결단코 국권회복을 할 수 없다고 생각합니다.
노인	니는 어느 집 가스나인데 이리 똑띡노. 너거 아부지 누고?

은해   권씨 집안, 권자 상자 중자입니더.

노인   (미소를 지으며) 그렇나? 팥 심은 데 팥 나고 콩 심은 데 콩이 나야지.

박세현 선생 나타나며

박세현   (정중하게) 오셨습니까? 백부 어르신.

학생들, 모두 놀란다.

노인   (억지스럽게) 조카야. 마 문디같이 가르치가 가스나들 다 베리났네. 아나 이거 가지고 가스나들 더 조지뿌라… (돈가방을 전달한다)

박세현   다들 정중하게 인사해라… 우리 학교에 매번 이렇게 도움을 주시는 박씨 집안 어르신이다… (학생들과 인사) 세용이는 일본으로 유학 갔다가 언제 옵니까? 돌아오면 꼭 우리 학생들을 가르치면 좋겠습니다.

노인   세용이 편지에는 독립을 위한 일 이야기밖에 없다. (학생들에게 다가가며) 모이가 공부하니까 좋나?

학생들   예! 어르신!

은해   우리도 공부 마치면 나라를 되찾는 일을 할 겁니다.

노인   그래, 니 이름이 뭐고?

은해   권은해입니다.

노인	너거 아버지 권상중 어르신은 잘 계시제? 우리 고향 기장은 함부로 할 수 있는 땅이 아니다. 와? 너거 집안이나 박 선생 집안, 여기 김씨… 기장의 명문집안처럼 나섰다면 조선이 망하지는 안 했을 긴데… 내 간다. (퇴장)
은해	저런 어르신들이 있었는데 어찌하여 조선이 망했다 말인가?
학생1	우리 아부지도 기장의 백성들은 대단하다고 했다.
학생2	우리 고향 기장에 훌륭한 분들이 많은 이유가 있습니까? 선생님.
박세현	여러분은 이제 기장의 딸과 며느리로서 기장의 역사를 알아야 합니다. 따라서 우리 학교는 여성들에게 먼저 역사를 가르쳐 우리나라가 걸어온 영광된 일과 패배한 치욕의 역사를 알게 할 것입니다. 그래서 여러분들이 낳은 자식들에게 독립정신을 심어주도록 하기 위해서입니다. 자 여러분 공부 열심히 합시다.
모두들	예! 선생님. (퇴장)

숨어서 지켜보던 일본 앞잡이 이판락.

이판락	와 머슴들과 여자들을 공부를 안 가르친 이유가 뭔지 아나? 글과 공부를 가르치면 달라들거든… 무식해야 말

을 잘 듣는 기라. 국권회복? 애국하세? (박수치며) 잘한
다! 대놓고 독립운동이네.

13장   잡혀가는 교장, 문을 닫은 명정의숙

총소리. 놀라 뛰어 들어오는 학생들

학생1   야들아! 교장선생님이 잡혀가싰다.

학생2   우리 선생님이 뭔 잘못을 했다고. 학생들 공부 가르치는
게 죄가?

은해   기장 광복회라는 비밀단체를 결성했다고 잡혀가싰단다.
우짜노?

학생1   독립운동 거사를 준비하시다가 발각되뺐단다.

학생2   기장에 많은 분들이 그 사건으로 도피하시고 일부는 잡
혀가싰단다.

은해   우리 아버지도 지금 피하싰다. 그라면 우리 학교는?

학생2   문을 닫아야 된단다.

학생1   학생들도 우찌 될란가 모른다고 피해라 했다. 어서 가
자! (퇴장)

홀로 남은 은해, 근심으로 학교에 남는다.
이때 박 선생의 비명 소리 들려온다.

부분 무대, 잡혀온 박세현 고문 소리, 밀정 이판락이 고문 중이다.

이판락   기장 광복회? 기장청년들을 규합해 독립운동을 하겠다
고? (비명)
어서 말해 회원명단을 말해? (비명) 박세현이 독립자
금을 모으다 발각되었다. 어서 말해. 누구야 누구냐고?
(비명)

<사이>

은해, 불안한 감정으로 안절부절이다. 이때 저 멀리 권상중 다가오며
(마음으로 대화한다)

은해   아부지! 나는 뭘 해야 되는지 좀 가르쳐 주이소!
권상중   (담담하게) 은해야! 안개의 나라에선 아무것도 일어나
지 않는다. 왜? 어떤 일이 일어나도 안개 때문에 아무것
도 보이지 않으니까.
은해   아부지, 나는 아무것도 못 보는 봉사처럼 살고 싶지 않
습니더.
권상중   안개의 나라에선 보려고 하지 말고 귀를 열어야 한다.
은해   귀를 열라고예? 무엇을 들어야 합니까?
권상중   내 맘과 같은 동지들! 가슴에 불꽃이 일어나 어디선가

	있을 숨은 동지들의 목소리를 먼저 찾아야 한다. (퇴장)
은해	선생님은 우리에게 항상 말씀하셨습니다. 포기하는 순
	간 핑곗거리를 찾게 되고, 할 수 있다는 생각을 하는 순
	간 방법을 찾는다. 선생님! (암전)

<사이> 고문실

박세현	난 대한의 청년으로서 우리 마을을 위해 내 나라를 위해 헌신하고자 했을 뿐 무엇이 잘못이란 말이냐?
이판락	내 나라가 뭐고? 아 망해가 없어진 조선 말하나?
박세현	니놈은 조선사람으로서 왜놈의 지배가 영원하다고 생각하나?
이판락	당연하지. 니 아직도 모르나. 와 조선이 망했는지 내 가르쳐 줄까? 권력을 쥔 것들은 오늘만 산다. 오늘만 잘 살면 그게 미래인 기라. 그라고 무식한 백성들은 묵기 살기 바쁘게 만들어주면 주인이 누가 되든 일본이 되든 관심 없다. 아래위로 그 지랄했는데 조선이 안 망한 게 이상한 것 아니가.
박세현	(웃음) 이놈아. 비록 지금은 일본의 지배를 받고 있지만 우리 민족은 끈기와 인내심을 갖고 있는 민족이라는 것 모르나?
이판락	그래 모른다. 좀 조용히 살면 안 되나. 꼭 니처럼 배운 것들이 세상을 시끄럽게 한다고. 민족이니 뭐 국권회복

이니 이상한 소리 해가지고… 니 죄가 뭔지 아나? 쓸데
없는 희망을 준 죄!

박세현   지금 당장은 어렵지만 언젠가는… (구타)(비명)

이판락   아따. 아직도 뭐 모르네… 어이 박세현 선생… 잘난 척
하다 디지면 뭐 있는데? 우리가 언제 어렵다고 생각 안
하고 산 적이 있더냐. (놀리며) 오늘은 어렵습니다. 내일
은 훨씬 더 어렵습니다. 하지만 다음 날은 아름답습니
다. 희망을 가지세요. (비웃음) 놀고 있네. 우짜지 대부
분은 내일 저녁에 죽는데 우짜노? (다시 때리며) 쓸데없
는 희망을 준 죄. 너거 같은 인간들의 사명감이라는 잘
난 체 때문에 시끄럽다고… (구타)

<사이> 학교

다시 어둠 속 학교, 은해와 학생들 만난다. 그리고 태극기를 그리며
3.1만세를 준비한다.

은해   언니야! 우리가 해야 할 일이다.

학생1   니 몰래 우찌 왔노?

학생2   학교는 없어지도 학생은 남아 있다고.

<사이> 고문실

이판락	좀 가만히 있으면 안 되겠나… 잘난 것들아… 못난 것들 알아서 욕심대로 살아가구로. 찌지고 볶고… 뺏고 훔치고… 그기 인간 아니가? 좆도 모르는 기 지랄하노? 시끄럽구로.
박세현	어리석은 놈. 못난 놈! 인간이길 포기한 놈… 양심을 버린 놈!… 네놈들을 심판하는 그날, 해방의 그날… 정의는 반드시 온다. (구타)(기절)
이판락	그래 기대할게. 그날 오면 우짜는데… 사람의 욕심이 살아 있는 한, 와봐라 거기서 거기라는 걸… (웃음) 꼭 배운 것들이 몰라요.

고문이 깊어진다. 박세현, 비명 소리 높아진다. 쓰러지는 박세현. (암전)

14장   박 교장의 죽음 그리고 만세 사건

학생들의 목소리

학생들	선생님!

학생들 분노해서 들어온다.

| 학생들 | (큰 목소리) 우리는! 내 꼭 할 기다. 선생님이 돌아가싰다. 그것도 일본 놈들의 손에 고문으로 돌아기싰는데 너무 분하다. 우리는 원통해서 못 산다. 죽어도 할 기다. |

만장을 들고 태극기를 달고 걸어 나오는 학생들. 은해가 앞장선다.
이때 은해 엄마 나타난다.

엄마	참아라, 은해야! 넌 아직 어리다.
은해	내 안 어리다. 명정학교 학생이다. 박 선생님이 억울하게 죽었는데도 아무도 안 나선다. 장례식도 없이 조용히 사라지야 되나? 와 가만히 있는지 모르겠다.
엄마	은해야! 참아라. 다른 사람들도 입 다물고 조용히 있는데 아직 어린 여자아이가 뭐 한다고 설치노?
은해	여자가 와? 남자들이 잘했으면 우리나라가 이 꼬라지 와 됐는데?
	엄마! 엄마는 같은 여자인데도 답답하다. 머스마 가스나 뭐가 다른데?
엄마	살아야지! 지금은 눈을 감고 입을 닫아야 산다고.
은해	나는 그리 못 산다. 교장선생님이 잡혀가 돌아가시고 학교가 문 닫았다고. 뭐라도 해 볼 기다. 그냥 앉아서 등신처럼 안 있을 기라고. 내 혼자서라도 담벼락에다가 소리치 볼 기다.

<사이> 은해와 학생들, 만장과 태극기를 들고 나타난다.

은해 목구멍이 막히고 목이 마르고서야 비로소 우물을 파는 것은… 이미 늦은 것.

학생1 사람은 물에 빠진 후에야 물에 빠진 이유를 찾고, 길은 잃은 다음에야 길을 묻는다.

학생2 물에 빠지기 전… 길을 잃은 후에 묻지 않기 위해서… 우린 행동한다.

학생3 침묵하지 않는다. 숨지 않는다. 피하지 않는다. 왜? 배운 학생 지식인이기 때문이다.

학생들 저 거센 바람에 나뭇가지 하나 병들지 않은 것이 없고, 나무는 고요히 있고자 하여도 바람이 멈추지 않는구나. 바람에 이리도 휘날리니, 나 하나 인생이야 길가의 티끌과 같은 것. 바람 따라 흩어져 날아가더라도 무엇이 두렵겠는가.

학생들 뒤로 권상중, 부인, 기장 노인이 나타난다.

노인 우리 고향 기장은 함부로 할 수 있는 땅이 아니다. 오늘도 안개가 많아 앞이 안 보이노.

권상중 안개가 걷힐 때 모든 것을 거두어 함께 데리고 간다. 그래도 괜찮으냐.

부인 그것으로 족합니다. 안개를 거두는 자들의 운명이 그러하다면.

권상중　비록 안개와 함께 사라지더라도 남은 자들이 맑은 하늘을 보며 살겠지.

박세현 교장선생, 죽음에서 일어난다.

박세현　한 가족 한 몸이 무엇이 그리 대단한가. 옹졸하지 말고 가슴을 펴고 일어서는 민족의 내일을 보라. 늙은이나 젊은이나 굶주리는 자나 불쌍한 자나 역사는 눈물에도 탄식에도 미련 없이 도도하게 앞으로만 나아가고 있질 않느냐.
우리 서로 잘 싸워 이겨서 튼튼한 몸 불타는 희망으로 상봉할 것을 상상해보라.
저절로 가슴이 뛰놀지 않느냐. 그 기쁨 그 자세로 닥쳐올 고난과 싸워 이길 것이다. 대한독립 만세!

모두들　대한독립 만세! (암전)

15장 돌고 돌아 가는 길

다시 장례식장.

노파 천줄 아씨… 잘 올라가시겠제?… 비도 올라 하고 안개
가 자욱한 거 보니…

사람1 용해야! 모르는 거 참 많제? 처음 보는 사람도 많고.

구만출 아씨가 니한테 아무 말 안 했다는 거 우리는 다 안다.

노파 평생 벙어리처럼 살고자 했으니까? 와? 안 그라면 살아
갈 수가 없으니까. 침묵은 다 니 살릴라고 핸 길 기다.

용해, 홀로 사람들부터 떨어지며

용해 할머니는 누구고? 저분들은 다 어디서 오신 깁니까? (정
색하며)
제가요. 지금 머리가 너무 아픕니다. 할머니도 돌아가시
고 인자 제가 알면 안 됩니까? 와 할머니는 벙어리처럼
입 다물고 살아야 했는데요?

구만출 끼리끼리 논다는 말 알제? 우리도 입 못 열고 살았다.
마 이 정도로 하자.

용해 내 평생 할머니하고 단둘이 외로이 살아왔다고요… 갑
자기… 나타난 당신들은 누굽니까?

노파 우리 모두 니하고 똑같다. 죄인처럼 살아야 했다.

여기 사람들··· 모두 다 기장에서 독립운동한 집안 가족 들이다.

사람1   그라니까 못살지··· 우리처럼··· 너거 할무니처럼.

<사이>

나타나는 이판락이 국회의원 출마한다.

<빨갱이 때려잡던 민족의 투사> 팻말을 들고 나타난다.

은해   어찌 니놈이··· 독립군 때려잡던 니놈이··· 해방된 나라 에 지도자가 되어야 하노? 이 무슨 일이고? (말문이 막 혀 벙어리처럼 된다)

이판락   와 우리 같은 사람이 살아남아 잘 사는가 아나?
부끄러운 삶이 뭔 줄 모르제? 바르지 않게 사는 것이 아 니라 못 사는 것이다. 만다고 독립운동 하네 하다가 후 손들한테 물리줄 것 하나도 없는 걸배들이 되노··· (혀 를 찬다) 어느 놈들은 내 보고 손가락질하고 어느 놈들 은 다들 내 보고 부러워한다. 성공한 삶이라고.
성공하기 위해서는 자잘하게 부정을 저지르기도 하고 시류를 맞차가 처신도 잘하고 이기 험한 세상을 살아 나가는 데 지혜라고 한다. 곧이곧대로 원리 원칙대로 사 는 사람들은 갑갑하고 답답하데이. 그러니까 너거가 그 모양 그 꼴로 살지. ···너거 그렇게 잘났나? (당당하게

연설을 이어가며)

털어서 먼지 안 나는 사람 없다, 이런 말 한다. 와? 언젠가는 어느 누구도 그때 되면 내하고 똑같은 짓을 하게 되기 때문이거든. 좀 더 잘 살겠다고 부끄럽게 창피하게 도의에 어긋나는 짓을 하는 거거든… 자존심도 없냐고?… (웃음) 개나 줘라! (퇴장)

<사이>

사람들 장례식장 권은해의 모습을 향해 모여든다.

사람1 얼매나 가슴이 아팠을꼬.

사람2 아씨가 징역살이 이후에는 벙어리처럼 살았다.

사람3 다 안다. 그 심정… 해방된 나라에서도 밀정하던 놈이 경찰이 되가… 그런 놈한테 잡히가가…

구만출 어이구 아씨! 기나긴 달밤을 입 다물고 산다고 얼매나 속이 상했을까요. 우리도 다 압니다.

사람1 아이고 한 맺힌 세월이 너무 길었지예? 마 다 잊아묵고 편히 가이소.

사람2 마. 아이고 우짜등동 다 버리고 가이소.

모두들 잘 가이소!

이후 사람들, 침묵이 길다. 한숨만 쉰다. 저 멀리 동해바다 여명이 올라온다.

노파　　자! 안개 사라진다. 인자 아씨 보내 드리자!

에필로그　장례식

기장의 독립운동가들과 박세현 교장선생님 장례식도 함께 겸한다.
이때 권은해의 살풀이 춤사위를 앞세우며 만장을 들고 따라나서는 사
람들.
요령 소리에 맞추어 각각 한 문장씩 내지른다.

동부리 구수암! 그의 동지 김도엽은 양심발원 인도적 자
유민족
만세를 부르다가 왜놈 순사한테 잡혀가서 맞아 죽었다.

시상에 이런 일이 어디 있단 말인가…
나가 어미를 두고 어디를 간다 말이고 못 간다 못 간다.

서부리 명정의숙 교장 박세현이 집안! 박세용! 그리고 박
인표! 박공표! 박맹표!

오빠야 오빠야 잘 가거래.

기장 3.1운동 주동자 김도엽이 집안! 김종엽! 규엽이! 응엽이! 태엽이! 시엽이!

김두봉이! 김약수!

우리는 조국의 위급함을 보고 생명까지도 아끼지 않았던 그날을 잊을 수 없습니다.
수령산이 무너져라, 동해 바닷물이 넘치거라 항거했습니다.

명정의숙 세운 동부리 권상중 집안! 권칠암이! 은해!
일광 바다 해당화야 꽃 진다고 설워 마라
명년 3월이면 너는 다시 피건만
우리 인생 한번 가면 다시 못 온다네.

신사참배 반대했던 죽성리 최상림 목사 집안! 최학림! 최기복!
그리고 이도윤 그리고, 그리고⋯

슬프다 나라 잃은 설움이여. 우리 겨레 한마음으로 독립을 되찾고자 애국함도 죄가 되냐 철석같은 굳은 의지 형장에 멍이 들어 이슬처럼 사라진다.

분하고 원통한 죽음이여 슬프다 독립운동가여… 이 나라 위해 내일은 누가 갈런가…

산천초목도 슬픔에 잠겨 있네. 때가 오면 원한도 풀릴 날이 있으리라. 슬프다 우국지사들이여 마지막 가시는 길에 한잔 술 올리나니 흠향하소서.

향을 올리니 목이 메고 옛일을 더듬어 슬픔을 삼키며 소리를 내어 한 번 불러 보니 어찌 애통함이 없으리오.
그대들의 숭고한 정신과 희생은 기장 사람의 혼이 되어 영원하리.

권은해는 마지막 춤사위와 함께 사라진다. 장례식은 그렇게 끝이 난다.
사람 모두들 만장을 내리고 저 멀리 동해바다 해가 뜨는 모습을 쳐다본다.

노파	아침 해가 맑게 뜨네.
사람1	밤새 안개는 싹 사라지네… 저기 봐라. 아파트 꽉 들어찼네.
사람2	인자 많은 사람들이 기장에 이주해 와서 인구가 많아지겠다 카데.
사람3	기장에 살면 기장 모두가 기장 사람 아니가… 참 잘사는 곳 됐다 그자… 기장!
구만출	예로부터 많은 인물이 배출된 곳.

사람1   훌륭한 조상들의 정기를 받은 인물이 많았기에 오늘 우리가 있는 것 아니가.

노파   우리 조상들이 슬기롭지 못했다면 오늘이 없을지도 모른다.

명정의숙 교가가 나오고 모두들 춤을 춘다.

끝.

정경환 프로필

주요작품 경력

1993년 극단 자유바다 창단

〈구달〉 작, 연출 – 전국소극장페스티발 초청공연

〈난난〉 작, 연출 – 16회 부산연극제 희곡상수상작

〈카바레에서 만납시다〉 작, 연출 – 마산국제연극제 초청공연

〈꽃2〉 작, 연출

〈이씨전기〉 작, 연출 – 부산연극제 희곡상 수상, 거창국제연극제 초청공연

〈태몽〉 작, 연출

〈나! 테러리스트〉 작, 연출

〈나의 정원〉 작, 연출

〈아름다운 이곳에 살리라〉 작, 연출 – 부산연극제 연출상 수상

〈안녕! 갈매기〉 재구성, 연출 – 안톤 체호프 서거 100주년 기념공연(부산시립
　　극단공연)

〈달궁맨션 러브스토리〉 작, 연출

무용극 〈금강산 가는 길〉 작, 연출 – 포천시립예술단 정기공연

뮤지컬 〈이제 다시 시작이다〉 작, 연출

2010년 〈이사 가는 날〉 작, 연출 – 자유바다 소극장

2011년 〈이사 가는 날〉 대학로 알과 핵 소극장

2011년 〈돌고 돌아 가는 길〉 작, 연출 – 부산연극제 최우수 작품상, 희곡상 수상

2011년 뮤지컬 〈다시 일어나다!〉 작, 연출 – 제천 의병문화제 초청작

2012년 〈돌고 돌아 가는 길〉 작, 연출 – 밀양여름연극축제 초청작

2012년 국악 오페라 〈이순신〉 재구성, 연출 – 전남 도립국악원 주최

2012년 〈나무 목 소리 탁〉 작, 연출

2013년 〈전설의 블루스〉 작, 연출

2013년 〈나무 목 소리 탁〉 통영연극축제 – 대학로 소극장페스티발 초청공연

2013년 〈오늘 부는 바람〉 작, 연출 연우소극장 – 2인극 페스티발, 남해 공연
　　　　예술축제 초청

2014년 〈전설의 박도사를 불러라〉 작, 연출

2015년 〈바람 바람〉 작, 연출

2016년 〈웃이 웃다〉 작, 연출

2016년 〈어머니〉 연출, 찾아가는 문화활동

2017년 음악극 〈한 움큼의 빛〉 작, 연출

2017년 무용극 〈죄와 벌〉 재창작, 연출

2017년 〈달궁맨션 405호 러브스토리〉 작, 연출

2017년 〈벽속의 왕〉 작, 연출

2018년 〈2018 맥베스〉 재창작, 연출 – 부산시립극단

2018년 〈춤추는 소나무〉 작, 연출

2018년 창작오페라 〈백산 안희제〉 작, 연출

2019년 〈달〉 극본 연출

2019년 가족뮤지컬 〈해피커플〉 작, 연출

2019년 가족뮤지컬 〈바보 한스〉 극본, 연출

2019년 가족뮤지컬 〈벌거벗은 임금님〉 극본, 연출

2019년 〈갯마을 어머니〉 작, 연출

2019년 창작뮤지컬 〈철마 장군을 불러라〉 작, 연출

2020년 가족뮤지컬 〈성냥팔이 소녀〉 극본, 연출

2020년 가족뮤지컬 〈어린왕자〉 극본, 연출

2020년 〈나의 정원〉 작, 연출 – 한형석연출상 수상

2020년 〈웃이 웃다〉 작, 연출 – 부산예술제 초청작

2021년 〈아이 캔 두〉 작 – 작강연극제 최우수작품상 수상

2022년 〈선물〉 작, 연출

2022년 〈사할린의 바다〉 작, 연출

2022년 〈바람 따라 구름 따라〉 작, 연출

2023년 〈명정의숙〉 작, 연출

2024년 〈의림지에 별내리면〉, 〈시위를 당겨라〉 작, 연출

영화시나리오 〈어부〉

드라마극본 〈거제의 푸른 바다〉

미공연 희곡 〈호랑이 산다〉〈도망자〉〈꽃의 회고록〉〈보고 싶은 얼굴〉 등 10
　　여편 외 무용대본, 시극, 등 다수

수상경력

부산연극제 희곡상 3회 수상(1998, 2000, 2011년)

부산연극제 연출상 수상(2003년)

부산연극제 최우수작품상 수상(2011년)

2011년 올해의 한국희곡상 수상 〈돌고 돌아 가는 길〉(한국극작가협회)

2015년 제1회 한형석연극상 수상 〈전설의 박도사를 불러라〉

2016년 올해의 베스트작품상 수상 〈웃이 웃다〉(한국연극협회)

2020년 한형석연출상 수상 〈나의 정원〉

희곡집

2009년 정경환 공연 희곡집 『나 테러리스트』, 산지니

2022년 정경환 공연 희곡집 『춤추는 소나무』, 해피북미디어

부산을 연극하다

초판 1쇄 발행 2024년 12월 31일

지은이 정경환
펴낸이 권경옥
펴낸곳 해피북미디어
등록 2009년 9월 25일 제2017-000001호
주소 부산광역시 동래구 우장춘로68번길 22
전화 051-555-9684 | 팩스 051-507-7543
전자우편 bookskko@gmail.com

ISBN 979-11-990656-3-5 03810

* 책값은 뒤표지에 있습니다.
* 잘못된 책은 구입하신 곳에서 교환해드립니다.
* 본 도서는 2024년 부산광역시, 부산문화재단 〈부산문화예술지원사업〉으로
지원을 받았습니다.

부산광역시 BUSAN METROPOLITAN CITY   B.아.ㅎ.ㅈ.ㄷ 부산문화재단 BUSAN CULTURAL FOUNDATION